中華書局

復刻版

女媧氏之遺孽

U0062079

女媧氏之遺孽

葉靈鳳 作

幻洲叢書

上海光華書局發行

1927

一九二七年五月出版

1 ———— 3000册

每册定價四角五分

上海四馬路光華書局發行

目　次

曇花庵的春風

（一）

自黃鶴樓頭沿江東下，在揚子江的航線將完時，有一處商埠因江心有座小山和岸邊矗立着一支崔巍的寶塔，常會引起旅客們特別注意的，便是C地了。C地距繁華冠全國的S埠祗有一夜的路程，地勢一面臨江，三面環山，亙亙的青山，一眼望去幾十里起伏不絕，實是江南唯一的大觀，曇花庵便建在這東郊一坐小山的腰部。庵左一帶修竹，後面漫漫的盡是松林，鵝黄色的短牆，掩映蒼松翠竹之間，在這風光明媚的三月天氣，遊春的士女，祇要一出東門，遠遠地便可望見了。

這一天清曉，曇花庵的老尼慈淨一早起來，看看階下的鳥糞也沒有除，堂前桌上的香灰依然，油燈也沒有點，知道徒弟月謠今天又偷懶沒有起來了，便急忙轉到堂後小房中去喊。月謠近來眞古怪，做功課時常是磕睡，早上也偷懶不起來，下午總是倚了後門望着山下呆想，一點沒有以前那樣勤快了。

曇花庵的房屋很少，走進庵門是一座生了四株梧桐樹的大庭院，正面三間平房，左邊是老尼的方丈，中部是佛堂，右邊是預備施主們做齋的客室。佛堂屏門後面，有二間小房，一間是租給了一個在山下布廠裏織布的女工，一間就是月謠的臥室。從月謠臥室牀後小窗望出去，可以看見後面短

垣圍繞了一座菜圃，角上有一間茅屋，是庵裏僱來
的菜傭陳四住的，老尼走進了月諦的臥室，將一頂
舊藍花布的帳門掀開，見月諦正兩手蒙住頭，背朝
裏面睡着，便用力將她搖了幾搖，月諦才悠悠地
驚醒，翻過臉來見是師父，嚇的連忙坐起。面色羞
得緋紅。老尼帶了似嗔似勸的聲氣責道：

　　「出家人要六根清淨，一點不受外緣的影響，
寒冬酷熱固然要不辭勞瘁，像這樣三春花暖的天
氣，更應格外破曉就起來做功課，怎可這般貪戀牀
席！」

　　「師父，弟子一時大意以致起遲，下次再不敢
了。」

　　月諦心裏亂跳，一面站起一面這樣自答了一
句，老尼見她已起來，也就無言，掐着念珠，慢慢踱
回堂前去了。

　　老尼走後，月諦失了魂似的靠在牆上發怔，適

才夢中的事情她記起來了——

　　——奉師父的命下山到城裏去募月米，因在街上看張公館娶親的喜轎耗時太多了，出城時天已傍晚，在快走近山脚時，對面路上來了幾個惡少，她看見他們遠遠地指着她交頭接耳，知道已是不懷好意，嚇的低頭走在一傍，那知他們竟緊逼了上來，有的說她這樣遲才回來，定是在城裏什麼廟中去會和尚；有的說尼庵的佛龕下總會藏着男人，他上次親眼看見；有的更問她在這樣貓叫石跳的春天，晚上可想……她嚇得紅了臉不敢開口，急從旁邊跑去，那知他們竟追上來，當中有一個竟趕上從後面將她緊緊抱住，幸虧這時路上又有人走來，他們才撒手任她跑了，她不敢再從大路回去，卽忙沿了田埂想轉上山坡，那知才走了幾步，在一座高墳後面，突然看見一隻小脚，兩個人正在……

　　她想到這裏，兩頰羞得緋紅，昨天晚上因聽見

兩隻野貓在瓦上追逐的鳴聲和窗外那吹進的一陣
花香所引起她的那苦悶，又來纏繞着她，她不敢再
多想，怕遲了又要遭師父見責，祇得惘惘地走了出
去。寂靜的小庵裏，春神也似乎並不吝嗇她的蹤跡
不肯光臨，庭前草色油然，梧桐樹也抽了嫩綠的新
芽。月謠掃過了地，便抱了觀音案前的花瓶，到後
園去汲水折花。小園裏給朝陽照了一早晨的自地
上所蒸發出來的土氣，和着花香，在她一啓門時，
嗅着了便有點朦醉。她從井裏吸了養花的水，又折
了兩枝初放的碧桃，便在畦旁看菜花上嗡嗡的蜂
蝶。站久了，太陽的熱力貫徹了她的全身，她看看
茅屋上吹起嫋嫋的炊烟，覺得自己也像有點飄渺
無主起來。她感着自己有點虛空，需要一種緊迫的
壓力，她便將懷中的花瓶緊緊貼住自己的臉上，炎
熱的面部受了這膩滑清冷的熨貼，才微微覺到一
種快感。

這一天一個早上，她比以前更覺軟綿無力，像遺失了什麼緊要的東西似的，祗覺自己腦中茫然，無力作主，心跳得格外厲害。翻開了淨土法門，他偷眼看看師父不在旁邊，竟將擊木魚的小槌也舉起靠住兩頰用力地摩擦。

（二）

月諦的來歷，據山下人說是一個少女的私生。一降下地時，她那不知名的生母大約不忍將她置死，便偷偷地將她拋在路側，恰好這曇花庵的老尼走過山下時，聞着啼聲看見了，倒底出家人心軟，不忍閉目不睹，便將她抱起寄養在山下一家農夫家裏，一直到七歲時，才將她領上山來。這段故事，大概山下的人都知道，幸虧慧淨那時已有五十多歲，不然，還要惹起他人的一些閒言哩！月諦上了山後，老尼祗使她做些雜事，或伴着化緣，一直到十三歲那年，才敎她誦經，現在已經十七歲了。私生兒大約因了父母當時猛烈的熱情的遺傳，常常多是早熟早慧，月諦當然也逃不了天然的勢力；她十四五歲時下山看見許多婦女抱了嬰孩或是同着男人談笑，對于自己這樣清冷的生涯早已起了疑問，但是孤寂的庵中，每日除了老尼脫脫的木魚聲外，甚麼新見聞也聽受不到，老尼除了誦經之外，固不敎她甚麼，她自然也不敢多問，所以她每日祇是謎一樣的過去，一直到去歲那布廠裏的女工金娘遷了來時，她才從她的口中知道了一些世事和人事。金娘本是偕着丈夫住在山下，一同在布廠裏做工，去歲因丈夫死了，嫌一人獨居在山下房租太貴，才找到了曇花庵裏來。老尼因爲貪圖一塊大洋一月的額外收入，且房子空着亦是無用，所以就允許了她。金娘遷來了後，月諦起先因爲沒有同陌生人居慣，所以對她很冷淡，後來漸漸覺得金娘的言語舉動都比老尼可親，也就同她親熱起來。無事時

總是偷到她房裏去閒談，金娘也不時和她談起一
些她所未知的事。

一天晚上金娘在房裏晚飯，月諦跑了進來，金
娘指着桌上的一枚紅蛋，帶着戲弄的口氣向月諦
道：

"月姑娘，這個蛋請你吃了罷。"

月諦搖了搖頭坐下。沉默了一會，又突然問
道：

"蛋染紅了還可吃麼？"

"蛋染紅了怎不可吃？"金娘笑了起來。

"爲什麽要染紅呢？"

"生了兒子自然要染紅蛋！"

"怎麽會生……"月諦帶了一種疑惑的神氣追
問。

"我不相信，我不相信，當真出家人連這些事
也不曉得！"金娘斜了頭笑得兩隻小眼都閉起

來了。

「那個是出家人！又沒有人告訴我，我怎會懂得？師父怪是可怕的，好金娘，請你告訴了我罷！」

月諦將聲音放低了，帶了一種央求的神氣，扯住金娘的袖管。

人的希望不能達到時，僅在口頭講出，也同樣可以得到一種快感，可惡的金娘，大約因獨居久了種種方面自感到不滿，現在經了月諦這樣的央求，樂得借此發洩自己的悶塞，便完完本本將月諦心中所帶着問號的事情，一一向她解剖，並且還連帶着告訴了許多別樣的話兒。自從這一晚後，月諦如同破繭出來的飛蛾般，做醒了一場大夢，才得重見天日。她以前看見兩隻蝴蝶在天空飛逐，總不明白牠們的原故，現在她恍然了。尤其在下山時看見男人，總覺有點異樣的感覺。晚上一人在房裏，她總偷偷地從牆上刮下一些白堊試途在手上，想嘗嘗那粉脂的滋味。月諦現在是明白了。

鄉下人的戀愛是很浪漫而隨便的，月諦一人傍晚倚了園門，向山下作遐想時，在長草叢中或大樹背後，總會常常看見金娘所告訴她的一件事。這種關於夢中的理想的強有力的實證，在她的腦上留了極深刻的印象，使她看見男人時總覺能格外引起她的注意。她現在漸漸覺得自己的意識中有種不敢說出的要求潛在，她想起了兩頰總要泛紅。她覺得想起了男人心中能生快感，但有時又有點懼怕；這種矛盾，常常使她在夜裏搆成很古怪的夢境。

她常常歡喜到金娘的房中去，這當然是老尼不願見的事。老尼近來已對金娘生了嫌惡。她是歷盡滄桑的人，她有時看見金娘放工回來後又換上衣服梳了頭重行出去，一直要到第二天清晨才眼球上蒙了紅絲蓬着頭跑囘來，總是要私下嘆道：
"善哉，這那裏是媚居!"

　　但是近來月謔智慧方面的發達已與她身體方面的發達到了同樣程度。這天老尼見她又從金娘房裏出來，便沉了臉責道：

　　"月謔!出家人以清淨修養爲本，非至不得已時，不應常常與外界人談笑!"

　　"師父原諒。我今天是看金娘又買了魚囘來，所以特地跑去拿六道輪迴之說勸她的，告訴她一切衆生俱是父母。"

　　老尼無言，月謔的心中暗暗奏着凱歌了!

（三）

　　誘惑是司春之神的唯一絕技，她把雀兒逗開了歌喉，花兒逗出了蓓蕾，又將溪水引起微笑，枝頭引出新芽，現在更轉向人的方面來了。月謔自春風沿了十里長山吹進曇花庵以後，她的心中更加飄渺起來。她有時覺得自己很是明白，但有時又覺得模糊，她感着自己心中有種缺欠，但是她不知自己的要求究是什麼，不過漸漸有點自己對於自己的行動和意識不能作主起來。一點小的事情，都能使她驚動。尤其是夜間熄了燈，靠在牀後的窗口，望着園中蒙了紗似的月光，或嗅着夜風送過來的花香，和在牀上聽見一兩聲屋後松林中棲鳥的幽鳴，都能使她整夜的不能成睡。在這樣的輾轉中，她常是把金娘所告訴她的話反覆地來猜證，搜遍了她單純的腦經，來作暢意的遐想。近來她的夢作得更是多了。

這一天她因夜裏又睡得很遲，所以早晨竟未能按時起來，給老尼將她從夢中喚醒了後，她昏昏地將一個早上混過，但是心裏却不安定得厲害。近來天氣漸漸暖了，她覺得體中像有熱力膨脹着，有一種被繩索捆緊了的苦悶！

　　下午老尼收拾了一個包袱，重換了一領布袍，預備出去；臨行時囑咐月諦道：

　　"月諦，我到城裏有事，今晚或不回來，你好好地在庵裏留心香火，傍晚無事，可到後園去監視陳四種菜，不要偷懶！"

　　月諦近來確是很懶。不但老尼不在面前時她不肯念經，她並且對於念經起了厭惡。她自己常常這樣想──是那個送我到這裏來修行？修行有什麼用？修成了像觀音那樣的道行，也不過贏得孤獨一身，坐在庵裏受冷清！

　　她看見老尼走了，心裏不禁暗暗歡喜，她知道自己又可任隨自己的意見行動一刻了。

　　春日午後的空氣，確使人能疲憊，老尼走後，月諦悄悄掩起經卷，走回小房，不覺倒在牀上。四週靜謐，日光映得房裏雪亮，她像方做過了一件不可告人的事似的；忽覺在這寂靜中，似乎四週都有眼睛偵視她。她屈身閉上雙眼，祇覺面部發炎，血液循環率加快，她用兩手掩住胸部，胸部皮膚表層裏似有無數小爬蟲在搔動着想鑽出。她發了狂似的抱着被在牀上反覆地亂滾。這時無論何人，祇要真若有人走進月諦的房裏，她看見定會對於自己的行動羞得滿臉耕紅或哭出。她不知自己究要怎樣，她祇覺自己無力制止自己不這樣做。

　　到神經激奮的高潮過汛後，起了副作用時，她才覺到困憊。好在老尼旣不在庵中，她也樂得睡了。在這次睡中，月諦又作了一個一般少女在春夜所常作的夢。她近來夢中所見的景像，差不多都是她在清醒時所希望着而又不敢常想，想起了總要臉紅的事！

　　睡醒後日已西斜，老尼還未回來，她昏昏地走到前堂，案上的油燈還燃着，祇是爐中的香已燼了。她燃上了一支香後，想起老尼囑咐的話，便慢慢地走向後園來。

後園地上還留着一角殘陽，祇有陳四一人，在蹲着種菜。

陳四是一個二十五六歲的本地鄉人，兩眼深陷，一臉狡獪氣。老尼去歲因庵裏無人種菜，而且庵裏有個男人，有事時也可仗持些，所以才特地招了他來。陳四初時倒很盡職，後來竟漸漸改變起來，常常不澆菜鋤地，一人跑下山去，有時更背着老尼暗暗地偷些菜送給山下一個女人。所以近來老尼對他很留意，常常自己或命月諦去監視他工作，大約清明節後，他與曇花庵的關係便要斷絕了。

陳四看見月諦走來，仰面笑道：

"月姑娘，今天師父出去，你又偷懶不念經出玩了！"

"出來玩？師父特地命我來看你的呢！"

月諦帶了一種復仇的神氣說。她到底有點天

眞，並不想到這句話是不應該說的。

“老師父眞好笑！看我做什麼？我又不是什麼女人，難道怕我隨了漢子溜去麼？倒煩你作了一個巡邏！”

陳四有意調侃月諦。

“不是這樣，你不要多心，師父不過叫我看看你菜種得怎樣罷了。”

月諦近來的腦筋太靈敏，她聽了陳四的話，口中雖這樣囘答，心中却止不住在想——呵……女人……漢子……

她立刻想起夢中許多的事。她怕陳四看見她羞紅的臉，便慢慢移到牆邊去看山。

這樣綿延的大山，頂上蒙着夕照，山下村舍叢樹中颺上幾縷淡白的炊烟，看了確能使人神往！

在她出神時，山下對面小路上現出了一個人影，因距離太遠，辨不清面目，待走近了，月諦才認得是金娘。金娘放工囘來了。

金娘進來,看見月諦在園裏,

"月姑娘你一人又跑到園裏來了!"

月諦尙未囘答,金娘無意囘首又看見陳四,立時改變了聲音:

"哼!你也在這裏——陳四,小心點!你不要想……"

"呵!你不要寃枉人。太陽沒有落山,頭上還有青天哩!。"

月諦不大明白他們講的什麼,依舊在那裏看山。

金娘走了進去又走出來,像想起了什麼似的,忽向陳四說道:

"陳四,我今天在山下看見了一件好事!"

"什麼好事?"月諦的好奇心驅使她插了一句嘴。

“總不外又是你們廠裏的女工和管工的老玩意兒!”陳四鄙夷地說。

“你們都未猜到,這眞是件開眼界的事！我今天放工走過西村趙家門前時，看見裏面許多人圍成一團,像是瞧戲似的,我也挨了進去,呵！陳四，你猜是什麼？原來是趙家的小媳婦和一個佃工有了來往,被人捉住了,赤條條地捆在那裏!”

“哈……”

“…………”月諦心跳得厲害。

“聽說她們預備就是這樣把這一對抬進城去。我想其實這又何必?在這樣的世道，這樣的天氣，什麼人私下沒有點玩意兒？何況他們更是年紀靑靑的少年人！”

月諦心裏很佩服金娘見解的透澈，但是同時却感着地面像有點浮動了！

“這也不錯,休說年紀靑人，就是有些大家婦女和出家人也暗裏會……”陳四這幾句話是有爲而發。

“呵呵！罪過罪過！你休這樣胡說。這幸虧是月姑娘在這裏，好說話，假若換了老師父，怕不又要趕你出去！”

金娘帶笑說了陳四，陳四無言。她又轉過來向着月諦：

“月姑娘你莫多心，你看陳四這樣胡說，回來告訴師父好好地痛懲他一番，”說後小眼隨即向陳四一飄。

月諦正尖着兩耳聽得出神，被金娘這樣一講，倒反不好意思起來，羞得滿臉緋紅，再也站不住了，掉身往庵裏便跑。

“這又要緊什麽，你以爲出家人都是好的麽？哼！我上次曾親眼看見一個尼姑……”

月諦一面跑，一面耳中還聽見這樣的話，這是陳四的聲音。

（四）

這一晚，月諦似乎覺得格外苦悶，燈熄了好久，依然不能成睡。看看窗外天空的一鈎蛾月，似已到了午夜，庵裏沒有時計，不知究是什麼時分。老尼依然沒有回來，今夜大約是因事不得歸了。月諦今夜像是因了老尼不在庵裏，微微覺到一種恐怖；人靜後庵裏空氣的靜謐，使她在牀上連咳嗽也不敢高聲。她屏息閉目不動，想使腦經安靜了可以入睡，但是愈是這樣用心，神經的興奮與腦經的靈敏好像反格外加倍。在黑暗中她簡直看見有一幕幕的圖畫，這種幻像，正是她心中苦悶的根源，她看了不覺有一種自己被暴露了的難堪。她望望窗外，窗外射進的一道月光，映在牀上的一幅破棉絮上，恰像一個蜷伏的人影，她心裏更格外不安。現在假若真有一個人來伴着她，她當然不致如此了。

月誦雖是個無知的少女，到底她是曾經在庵裏度過幾年經卷的生活的。到此春情幾使她不能自止的時候，她的理智便跑出來制止她，她想起師父曾經對她講過的話了：

——一切諸欲，俱是煩惱，呵，煩惱！現在這種情形，大約就是所謂煩惱了！出家原是所以求煩惱的解脫，但是現在怎這樣無效呢？好好地安靜生活，那會想起這些事來！這是我的作孽自受，還是道高一尺魔高一丈的必然誘惑？祇怕都不是吧！祇怕都是這天氣的作祟吧？

躲在黑暗中的魔鬼，此時獰然冷笑了！一件事情愈是想有意避開不想，牠之相纏愈會緊逼。月誦想起天氣，她立時就聯想到白天裏金娘的話——在這樣的天氣中，什麼人私下沒有點玩意兒？何況他們更是年紀輕輕的少年人！

　　她知道此時在茫茫中 正有許多人同她同病，她立時不再譴責自己了。一種對于自己行動的寬恕和對于他人行動的同情心，輕輕在她的意識裏浮起。

　　她感着口中乾得厲害，像夏日在爐火旁的焦灼，她輕輕地從牀上撐起，想去找點水喝；這種行動並不是犯什麼罪，但是她却同要去犯什麼一樣，不由自主地戰慄了。在黑暗中摸着了桌上的茶具，但是茶具却是空的。她失望地回睡到牀上，一種絕望的難堪，使她口中加倍的渴，她心中燒得更厲害。將小指放入口中用力的嚙住，但是依然不能減殺這種痛苦，她祇得又起來倚了牀後的小窗。

　　這一方離地不到四尺的小窗，以兩扇木板代了窗櫺，是月諦近來煩悶時唯一的療治地。她煩悶時倚了小窗，窗外的景色，能使她將心中的苦難漸漸忘去，不過這種舉動常常會受老尼的干涉，老尼晚上祇要聽見有一點聲響，她都要起來看的，所以平時月諦總要待老尼入睡熟了，方敢輕手輕脚的起來。

今夜老尼不在庵中，這雖能使月諦因寂靜而微微恐怖，然老尼惹人厭的，掃興的舉動却可受不到了，她大了膽起來倚在窗口，想借此可以使自己的興奮減輕，但是却不然，仲春三月之夜，空氣中流蕩着花香，天空斜懸着蛾月，夜風飄來，薄薄帶點寒意，這種滋味，反能使一個情竇初開的少女益流于顛狂！月諦依了窗欄，縱目四顧，園裏月光的一切，都模糊不清，反使她分外不快。她用了一種挑釁和鄙夷的態度，定睛將一切一件件地察看；窗脚下的苧蔴，遠過去的棄花，楊柳，幾株矮壯的胡桑，在平日很能給她興趣的，此時一點也不能引她留意。她再看過去，看見日間陳四新種下的一畦菜秧，都偃伏在地上，不覺又想到日間金娘所講的話，緊張的心弦 更恍然一震！

無意中她看見了陳四的茅屋。陳四的茅屋罩在月光下寂然不動，恰似一個待隙而誘人墮落的魔鬼！

一個意外的想念，突然浮上月謠的心頭，她被誘惑了！

——陳……四……一……人，我不如到……

才想了一半，她便將臉埋在手裏不動，這是理性想出來作最後的援救，但是已不可能了！

她悟着師父不在庵中，胆子徒然大了起來，一種不可避免的潛力，在暗中驅使着她，他附身向窗外地面望了一望，又囘過身來向房中沉吟了一會。她無力使自己的戰慄停止。屏息插起脚尖，走近門口從縫中向對面金娘的小房中望去，對面寂然黝黑，不見燈光，金娘大約是入睡已久了，她又添了幾分勇氣。

　　她感着面部如火燒樣的熱，心臟幾乎躍到喉口，手足顫抖到失了自主，像有人在後面催促似的，她戰戰兢兢地爬上了窗櫺，外面地勢較高，窗櫺距外面的地面不到三尺，她突然跳了下去！

　　可恐怖的性慾的誘惑！

　　四分滿的上弦月剛被一陣夜雲遮住，園中似乎格外陰暗，月諦跳下來後，在地面蹲了一會，像宵行的孤犬被驚了似的，立刻取了直徑，在榮叢中向陳四的茅屋奔去。在快走近時，她的脚步才漸漸緩下。

　　茅屋的方向與月諦小窗的方向相同，月諦戰兢着走到茅屋的轉角，才看見屋裏還有燈光從窗中射出。

　　——呵，陳四還沒有睡，大約也是……

　　窗上的破紙被夜風吹着在微微的顫動，月諦不由地將身子貼在牆上從窗紙破處向屋裏望去。

出人意外，她的眼球網膜上呈現出了兩個人的肉體！燈光雖不大亮，下面一個還可看出是一個女人！金娘！

可憐一個少女緊張着的神經，終經不住這意外的激刺。月諦尖銳地驚呼了一聲，霎時腦血充溢，頹然昏倒在地上，沉重的屍體的倒地的聲音，使四週微微起了一點反響。

茅屋裏的燈光突然滅了。

在響聲消滅，屋裏尚未有人敢開門出來看時，園裏十分寂靜，祇有灰黯的地面上橫着個少女的屍體，樹影射在上面微微搖動。

　　　　　　　　　　　　十四年七月二十五日

內　疚

我親愛的！我們近來雖說很是快樂，然彼此的心中總覺尚有一件事情未能達到，總不無一點缺憾，不想昨天竟能有那樣意外飛來的機會，給我們將這缺欠彌補。我們的幸福之大和這機會的難得，我想恐怕眞是無言可喻了！昨天你祗是發笑，那時我曾說你做事太沒經驗；現在想想這眞不能怪你要笑，這機會實在眞是太難得了。連我現在想起，我也禁不住要發笑啊！你想，他每日雖是照例的要出去，然老婆子却從來未曾越過雷池一步的，不想昨天她竟像受了什麽東西的催使，像要有心完成我們的願望似的，飯碗才放，她也趕着跑出去了！呵，我親愛的！基督親自降生傳福音救世人的那樣難得，我想怕也抵不上我們這次機會的難得！然而危險却也危險之極。昨天你才走後不到一刻鐘，他就已從外面回來，我想你昨日若不是經我屢次的催促，那時你一定還是倚在我的懷中，那這樣讓他回來一頭看見，事情之將鬧得怎樣，恐怕眞非現在所能懸想得出的了。——我親愛的！你看這危險不危險？你下次可要格外聽我的話呀！——昨天回家去後，家人可曾向你詰問什麽？你今天精神覺得怎樣？我想你這時恐怕還在那裏追想昨日夢也似的幻境罷！

　　他昨天回來後在房內祗坐了一刻，便跑到書室裏拉梵阿鈴去了。我一人坐在沙發上回想早一

剩的情形，我覺得你好像是還在我的懷中，你喘息
着微聳的雙肩，你紅得比你畫箱中的玫瑰色還鮮
艷的雙唇，我都一一確實地覺得依然還在我眼前
閃耀。雖是他的梵阿鈴拉得那樣的緊急，聽着像絃
子幾乎是要斷的樣子，然我並不覺得他的擾鬧，這
大約是因為那時我的心中，全給你充滿了的原故。
過了一刻，他忽在鄰室高聲地問我，他今天拉的如
何，那調子我可歡喜，我聽了他那蒼老的聲音，我
忍不住被一種言狀不出的情感激動得笑了，我便
也高聲地回答他：好，好極了！那隻調子我最歡喜，
你可以再拉一次。其實，我親愛的！我那時除聽得
是有聲音外，我又那裏能聽得出他拉的是什麼？我
不過是這樣地說說罷了。

　　他真可憐，我們的事他一點也不曉得，——可
是，我親愛的！以我平日那樣的待他，他大約從不
曾夢想到過我會有這樣的一件事。—— 他近來每

在我的面前講到你的事。他講你讀書怎樣地用心，近來畫兒畫得怎樣地有進步，他說你真是一個可愛和有希望的青年；我起先聽了他這樣的話，我心裏很是恐慌，我以為他一定是曉得了我們的事，所以才有心用這種話來諷刺我的，後來我再看看他的舉動，證之以他近來待我的情形，我才曉得這正是他的素性，並不是有那樣的存心。原來他雖很是愛我，然却又有點怕我，所以常常歡喜在我面前講我所愛的事，以便討我的好。近來他大約是見了你來時我那樣地高興，于是料到我必一定也歡喜聽關于你的事，所以才如此地常在我面前講起。我那樣的疑慮實在是我自己太虛心了。

因為他對我這樣地並沒有一點疑慮，所以每晚當我和他彼此就寢後，我想起那"同牀異夢"四字時，對丁他，從我內心的深處，我總覺似乎有點慚愧，彷彿覺得我是在欺騙着他的樣子。其實，我親愛的！我老實的對你說，我並未在欺騙他，而這樣的事也不能認為欺騙！我如今雖和你發生了關係，然我在他的面前，我依然還是一個完全的我，我並沒有因為你而對他有所變動；即從你一方面講，我雖和他同居了七年，然我現在對你，我仍然是一個完全的。這話聽來似乎有點費解，其實並不難懂，這不過是因為在他面前時的我，和在你面前時的性質不同罷了。然這並不是我的變幻，我的虛偽，也更不是所謂欺騙。這是什麼，我現在實不能一時替牠提出一個恰當的名詞，不過我總覺得，在我和他同居的七年中，我並沒有將這件東西失去。這完全的一個，這便是我現在所奉給你的，而我在這七年中所給他的，却並不是這個，那另是和牠並沒有衝突的另一個。然而，我親愛的！我也要老實地對你講，無論如何，當我見了他的面時，我心裏總覺似乎有點對不住他。這是什麼原故，我真有點不懂了！

　　我和他的結合，在當初並不是因媒妁而成的，這事你大約早已曉得。不過你却不可因此而推想，以爲我是一個朝三暮四，愛情不專一的婦人；你若這樣，你眞要使我傷心了。——我想你決不會如此的，這是那些不諒解我行爲的人，他們才這樣地誣蔑我。——我在上面已經對你說過，我現在所奉給你的，是完完全全精神上的一個整個。這整個，我雖當着上帝的威嚴面前，捧出讓衆天使察看，我也毫無沮愧的。雖是有些責難我的人，說我不應未將這東西給他，然這並不怪我，這是勉强不來的事；而這與給的權柄，又不操之于我的手。這正好像我現在愛你一樣。這並不是由我自己愛你，實是我的愛她要愛你。——講到我和你愛情的事，我親愛的！我眞不知這是所謂宿緣還是冤孽。自從你家那年遷居到我們的間壁來後，我就已傾心的愛了你。這話講來確乎很長，而你恐怕又未必能知道，（你大約又要笑我歡喜說老話了吧?）因爲你那時確是還小，至多也不過才十一二歲。那時，你甚麼也未必能懂，又那裏知道這些?

記得有一年一個春天的下午，——那時我已在暗中愛你了。我在你的房中和你同伏在桌上看一冊畫集，與我們相對放了一面鏡子，那時的天氣已是很煖．你僅著了一件淺碧的竹布長衫，我從鏡中窺見你因這艷陽天氣的薰陶，雙頰微酡，嘴唇更是紅得說不出來的鮮艷。我見了你這種姿態，益發覺得你的可愛，我屢次禁不住要側過頭來去吻你，但是我總不敢做。我惟恐萬一我才預備靠近你時，你便丟下書紅着臉跑了，那才眞使我難堪。可是你那時却並未知道我有這樣的心意，你還是同我談論畫集上的事；我見你那樣的不懂事，我眞氣極了，我祇得托故跑了出來，囘到自己房中，在椅上呆想。我深嘆息我對於你的一番用心怕要虛擲；我又埋怨上帝既將你造得這樣的可愛，爲什麼又不早點給你一個　玲瓏的心兒。那時我眞想不到在去歲暑假中，我們便會有那樣的一回事，這大約是上帝應允了我那時的要求吧！——那一個暑假中的事你可記得麼？我們也是在同看一冊書，（你現在回想起來，應該覺得，我在那時確曾想盡方法，造成許多使我和你接近的機會。每天下午他出去後我便借了因有許多字認不得爲名，請你上樓來同我一齊讀書，也正是這個心意。）因了書上的一句話，我便望你笑了一笑，你也向我微笑，不過你的笑已和平日不同，我從你的笑中看出你已在明白了我的心意；於是我便大着膽子由輕而緊的握住了你手，果然如我所料，你同時也順勢倚到了我的懷中！

　　的確，我們的事將來若被他或其餘的人知道

了以後，他們都將說我的不是而不說你，因爲我的年歲比你大——我的年歲大得比你這樣多，大得已將近一倍，自然他們都要這樣說，說我引誘你的——而你的愛確也是由我培養出來的。但是我希望你却不要因此便以爲我們的愛，並不是互相發生，是有一個主動一個在被動的。因爲我這句話的意思不過是指最初的動機而言。——無論何事，動機總必定有個先後——至於現在，則我們兩人的愛正不知融洽到了什麼地步，已由二而一，由一而到消失了界限，更從那裏分得出先後？試問我們現在那個能從心的深處进出一句：“我並不在愛你，我不過因了你愛我所以我才愛你來”？

中夜夢迴，除了他的鼾聲外一切都靜默，黑暗緊緊地壓住了我，我因這無盡藏和猜不透的神祕，不覺想到了我們相愛的事。我覺得這事的奇兀和不可解，實要較黑暗中物體和空間的不可分爲甚。

你想：在你家初遷到我們這裏來時，你母親既會將你給我作過螟蛉，後來他（我的他）又作過你的先生，繼而有一時期內，我又成了你的弟子；不料玄之又玄，我們如今又由師生母子的關係轉而爲……。呵！這一筆賬實在算不清楚！這事的內容任是用何種再精密的科學方法，恐怕也不能分析！而這樣地一件事，將來若被他們曉得了以後，我親愛的呀！他們之將怎樣地驚駭與攻擊，恐也實非我們現在所能懸想得出的了！

我今天乘着下午的空閒，便一人躲在臥房裏這樣寫了一大篇給你，然我心裏所急要對你講的話，却尙未向你講出，現在待我來告訴你罷。這話便是我以前對你講過：我無論如何，見了他，心裏總覺得似乎有點慚愧和恐懼。這便好像一個竊賊，當事情尙未發覺時遇見他的失主，一面雖明知對方的人並不知道這事，然一面心裏却不免總要想

到這事情之終必有一天會被發覺，和一旦發覺後
所有一切的困難。——我雖不是一個竊賊，這件事
雖也不是一件竊案，然我一見了他時，心裏總要作
這樣的恐慌，總要預想着他知道了我的事後，所將
對我的態度。——可是我雖這樣不安，然這不過是
指他在我面前時而言，若一待他出去後，我想起了
你的可貴可愛，我便又禁不住的，滿心快樂起來。
有幾次我興奮至極，我眞恨不得立刻挾着你在街
市上走遍，或是當了他的面擁抱着你，使他和天下
人都知道我並不是一個庸碌的婦人，我實在已尋
得了我的眞生命！但是這終不過是些夢想，實現出
來的事恰正和這個相反。我每天挾了同我一齊走
的並不是你，却正是對於我同贅瘤一般，既不覺得
可愛，又不覺得可恨的他——眞的，他對於我實
祇像一件附屬的東西；無論我如何，我總覺不出對
他有一點趣味，有一點可愛，雖是我們彼此從來沒

有發過一次惡聲，而我也曾爲他毀壞了我的……。

　　這是實在的事，他待我眞是好極了。在我們已往的七年之中，他不但沒有向我發過一次怒，並且郎連小小的一點齟齬也未曾有過，凡是我無論向他要求甚麼，他總完完全全，滿滿足足的做到。然我呢，却曾在煩悶時常常拿了他出氣，可是這些他也是一味的承受，從沒有囘抗過一句。然惟其因他對我這樣的服從，這樣的好，所以我對他反起了反感。我覺得他終不過是一位符合社會上稱讚的條例，能克家善視妻子的好丈夫；我們之間所有的也不過是些家庭的樂趣和由經濟上所發生及因相處久了自然而發生的那種情愫。要想從其中尋出蜜一般甜，蝴蝶一般風狂，如我和你現在的那種愛情，那是不能夠的。所以我雖和他相處了七年，然我的愛情却依然被封鎖在神祕的箱中，從來未曾動用過。因爲在夫婦間無論好的程度怎樣，所有的終不過是應合禮節，和家常的樂趣，惟有在我和你，情人之中，我親愛的呀，那才可以看得出真愛情！因夫婦已是經過儀禮組合而成，惟情人乃是由愛情得來的。

我如今既以一身兼做了他的妻子和你的情人，我外部的生活雖說和以前並無更改，然我心靈的深處却無時不在紛擾紛亂之中。我一面既被你的情絲纏得心兒整天的不得安定，然我一面却又為了不願因我和你的原故，使我將幾年以來對他的態度遽然變改，所以我依然照舊以全身去事奉他，不過在這樣之中，我又無時不在想使我和你中間的幸福能有所增加的方法。這種矛盾的思想，無時不在我的心中衝突；當你倚在我的懷中時，我每禁不住會想起他，然我在枕上見了他時，我又會立刻的想到了你。我以前曾說在我與你和他的中間雖彼此有了關係，然並無相衝突的地方，其實這話還祇是就表面而言,實際其中實有極大的衝突,我心中初未嘗有一刻甯靜過的。然衝突雖衝突,我却不承認我對於你或他,有對不起你們的地方。我親愛的呀!我旣一面覺出我們中間有這樣地情形,同時我又無法去避免這個,所以這實是我內心深處,歉然有所不安的地方,這便也是我絮絮叨叨,言之又言,寫了這一大篇的原故。你是聰明的人,你又是這事的重心,對於牠你可有什麼解決的方法麼?——我深知你聽了這話,一定要微笑地這樣回答:"很容易!隨我跑了去,離開這地方,便什麼都解決了!"好,總有一日,我能實行你這句話的。

今天老婆子一出去後,我便躱在房裏寫信給你,不知不覺,現在日影已越過了對面的高牆。他大約也快回來。我想起他,同時我想到昨日的事,我心裏很不安甯,常在我內心發現的狀態,此時又忽發現,所以我也不再往寫下去。今日是星期六,明天他照例是休息的，大約他今夜或許要同我……。

　　　　　　　　一九二四，十一，三十，上海。

拿　撒　勒　人

"蔚生先生：手教敬悉。我對于先生的事固然
十分表同情，可惜我實在不能爲力，乞原諒！
大作奉繳，望……"

他把一捲原稿推在一邊，將附來的一封信這
樣念了幾句後，隨即將半截身子向桌上一伏，眼睛
貼住袖管，搖頭嘆道："完了，完了，又丟了一次人，
又是一次墮落的成績！這叫我如何是好？"——一
陣帶有煤煙的午風，從斗方的天井裏捲下，逼進

窗來，他伏在桌上，迎了風的長髮，被吹得祇是索索地動顫。

以幾篇漠然無名的作者的稿子，向素昧生平的編輯先生去求情，他早知是自討侮辱的事。然這次他實在太沒有法了；現在不但是大好春光的三月天已過，並且燕飛草長的初夏時節也漸漸來到，可憐一人飄零在外徒擁了一個學生的虛名的蔚生，眼看得他人興高采烈的去受課，自己天天空着錢囊，在學校裏跑來跑去，終抓不出一注款子來可以繳學費。早幾天之前，他曾硬着頭皮想向一位家境很富裕的母舅處去借貸，可是還沒有開口之先，那位像有預知之明的母舅，已蹙着眉和他談起去年鄉間收成不好，和今年因了戰事影響市面上營業很清淡的事，他祇好又閉着口不敢開了。親近的朋友雖有幾個，但是他們不是有了家累，便是和他一樣，都是所謂無產階級者，又祇好牛衣對泣，不得有實力的援助。所以他天天想來想去，看着日曆一張張地撕下，終于想不出一條生路。前天無意間在書堆裏翻出了一捲舊稿，他忽然想起這條路久不走了，以前雖走過幾次總是失敗，但是現在山窮水盡了，不如且試試看。他明知這種不自量力的事是決定無希望的，他終忍不住寫了一封很懇切的信同稿子一陣寄給一位雜誌的編輯先生去。他總希望無望中能迸出有望，他現在是在冒險了，可是一直等了今天，他這次冒險的結果，終是白費了幾分郵票！

"呵，完了！無論你是信仰超人的哲學，是崇拜弱者的宗教，現在四面的路都絕了，羞辱和難堪堆滿了背上，而事情又終是不能不做，你將到底要怎樣？"

真的，事情終是不能不做！蔚生並不是腦經不清悉的青年，他知道自己既無力求學，本不應執拗着自討這種罪受,然而家人對待他的刻薄,莎菲對于他的冷淡,他覺得這口氣終是不可不爭。出來了幾年,不能早日衣錦還鄉,已是他每想起了都要埋怨自己無能的事,現在假若飄留在外面連學校也不能進了,這消息傳到了他們的耳中,豈不更要使他們笑煞?——不行,不行,我終要在沙漠中找出青鳥來!天之將降大任于斯人也,必先勞其筋骨,餓其……他揉了揉眼睛,便從桌上撐起在房中來往地走着。

方廣不到一丈的亭子間,除去牀,椅,書架,和一隻權當寫字枱用的衣箱外,祇有幾尺的地方可以容他徘徊。他旋轉了一會,看看架上紅紅綠綠的書籍,終想不出一條能信任的方法可借此去找錢,倒是這一架的書籍,如他平常在煩悶的時候一樣,反惹起了他無端的橫恨。

"啊啊!你這餓不能食,寒不能衣,無錢時又不能抵錢用的東西，買來時却需很鉅的代價，我今後再也不上你們的當了！買書的人固然是獃子，你們著書和賣書的人，也同是無賴漢，騙……"

蔚生有錢時每歡喜買書，但是買來了又不看，無錢煩悶時看見這些書，想起錢若是不去買這些東西時，現在定然還在袋中，每每自誓下次無論遇見什麼好書再不買了，但是祇要袋中有錢，走過書店時，總禁不住會跑進去。這次他大約是激刺受得深了，看見這些書，舊病又復發作，心中算起總賬，想到這些書若是一本也不買時，所積下來的錢，現在不是繳學費還有多麼？便忍不住不問情由地又發作起來。——他却不想這幾句話中，正不知衝犯了幾多的先賢名哲文士詩人，而即使錢不買書，也未必能留到現在。

"……請下樓來用飯罷"

樓下喊用飯了，他的難關又到。他自從與家裏因讀書問題鬧了意見出來，便住在這位親戚家裏，不覺已近兩年起初來的時候，彼此倒過得很好，後來連他自己也不知道因了什麼原故，他們竟漸漸惡嫌他，對他冷淡了起來。近日則更壞了；他每天夜裏歡喜看書或亂寫寫東西，他們便嘰咕着近來百物都騰貴，不節儉簡直不成，但是火油一項，一個月家裏就要點去幾箱，這又從那裏省起。他有時晚上沒有吃飯從外面回來，恰巧家裏的飯方吃過了，他們不但不問他可吃飯未曾，僕婦問了，他們反要怪他多事；可憐他餓着肚子跑上樓讀書書的事，這半年真不知經過多少次了。他夜間睡在牀上，想起自己唯一親愛的母親既死，愛人又已離棄他，家裏的人又與他不相投，寄食在人家的籬下又這樣的受嫌惡，但是自己想要遷出去又沒有獨立生活的能力，他總祇好引被蒙頭痛哭。爲了這事他所窋下的眼淚，真不下於他因爲戀愛的事而流的。

　　他無法的走下樓去，對着幾張鐵板似的冷面孔，勉勉强强的咽了一碗飯，便投了筷子跑上樓來。他心裏像被一些不知名的東西翻擾着般，惶惶的祇是要哭，但是却哭不出來。走進房後從對面白堊的高牆上反映過來的正午的陽光，顯得房裏格外明亮。壁上貼了一幅 Reni Guido 的基督畫像，戴着荆棘的冠冕，被日光曬得黝黑的前額和白晳的頸上，凝着兩三滴刺下的鮮血，口微張着，兩眼則聚在緊蹙的眉下翻向天上，似是在禱求解除他的痛苦，不像懇請赦免那殺戮他的人的罪過。他一看見這貼耳無言的羔羊的景像，他的眼淚再也忍不住了，他用兩手蒙住面部，臥倒在牀上。他想起他正是那曾經睡在母親的懷中，那曾經用頭抵在愛人的胸前的人，如今竟冷落到了這般。哭的時候固沒有人來安慰，卽笑的時候也從未受過人的理

會；時節已經是到了現在，可憐學校尚未得進，肯
用實力來援助他的人固沒有，卽想從週遭的人中
聽一兩句同情的話語也不可得，他的眼淚眞忍不
住同泉般的湧出了！

　　——啊，母親！我親愛的母親！你怎麼竟這一
早就離我去了？你若在世時，你現在縱也是不能
救你兒子脫離困難，然看一看一副慈祥的笑容，聽
幾句溫和的話語，實比較幾千百的金錢也好得多
了！母親，你怎麼竟這一早就去了，遺下你的兒子
如今一人在外面受欺凌？

　　——哼！你這受不住世俗的繁華的誘惑，撇了
我而去的女人，我有那一件事情對不住你？我爲
你，白了黑髮，誤了前程，棄去家庭的信用和名譽，
捨掉靑春聖潔的童貞，祇想博得你嫣然的微笑，你
怎竟這樣略不顧置地便棄我而去？好一個“我之嫁
也，蓋不欲使足下戀一不足戀之女子，而失去學

業"！你怎不率性明白地將我棄絕？

——啊，你這上帝的羔羊，擔負了世人一切罪惡的，請垂下你向上的眼睛，請來救我脫離一切的痛苦罷！拿撒勒還能出甚麼好的，拿撒勒的人是注定應當承受輕視和侮辱的了！可憐你喊着要愛你們的仇敵，他們却將他們無罪的仇敵送上十字架了。來罷！恕我褻瀆了你，請來救我脫離一切的痛苦罷！你是曾經宣言能毀壞耶露撒冷的聖殿，三日又可重建起來的，你是曾用五個餅兩尾魚吃飽了五千人的，請你就用這手段來救了我罷！我桌上有的是幾枚銀元，請你就從壁上下來，施展你那化少為多，變無為有的手段，完成我的希望罷！……

他想到這裏突然笑了起來。這是他無論如何也改不掉的習慣；再重要的事情，到他手裏不消幾時，就會失去重要的成分，哭得正傷心的時候，遇見一點可笑的事情他會笑起，笑得正高興的時候，遇見一點可哭的事情他也會哭起。週遭情形的緊急與嚴重，他是不能作長久的留意的，悲哀與歡樂在他心中不過是暫時的興替，遇見有機會可以漫想時，他總是任意的去亂想。就像今天這樣，他能從懷舊的傷感中，竟漸漸轉到無意識的空想上去，也正是這種習慣的表現。

　　——啊，不行，不行，到底是不行！人家的冷眼是受足了，學校又終不可不進，難道就是這樣流流眼淚，就可完結麼？我不相信像我這樣大的一個人，終找不出幾十元錢來！

　　他紅着眼睛，從牀上站起又在房裏來往的走着。看看袖管，袖管已經濕了一大塊了，樓梯上有人上來往前樓去，他怕人看見，連忙將袖子捲起。他在房裏走了一會，還是想不出有什麼法子。他雖想起向同學的去借錢這條路還未走過，但是校中又沒有十分要好的同學，卽使能老了臉去借，而人

家有沒有錢，肯不肯借，倘是個問題；他想起借錢
遭人拒絕時的難堪，這條路他終無勇氣敢走。

　　無聊奈極了，他便將一雙權當枯子用的衣箱
打開亂翻；書，畫，原稿，信件，紙，筆，舊衣服，凌亂
地塞滿了一箱，一點被世人公認爲貴重的東西都
沒有。他正一件件的檢視，忽然在箱角發現了一張
白紙，上面用鉛筆寫着"尼朵的肖像"五字——"
啊！尼朵！尼朵來了，救星到了！"他一看見這紙，不
覺突然這樣叫了起來。

　　這是幾月以前的事了。那時他不知如何，忽然
與尼朵發生了感情起來，他急於要看一看這位哲
學家的面目，但是搜遍了他所藏的幾本英譯的尼
朵的著作，和幾部哲學家傳記，終找不到一張肖
像，朋友處問了幾趟也是沒有，他急得沒法了，便
用鉛筆在一張紙上寫了"尼朵的肖像"五字，釘在
那張 Reni Guido 的基督畫像旁邊，以稍舒他的渴

慕。過了些時，他的崇拜狂漸漸低下，他覺得將尼采與耶穌放在一起終是件太滑稽的事，他因為這兩張，一張是三色板的印畫，一張僅是白紙，便不覺順手將那張白紙撕下塞在箱裏；今天却被他無意又發現了；他一想起尼采，他腦裏立時浮出一個百撓不屈的戰士，他不覺又被引得奮發了起來：

——歷來的英雄和偉人都是從苦難中產出來的，最後的成功也是從奮鬥中爭出來的，我現在怎可就中止下去！祇要有一條路可走，我總應該去試他一試！校中的 P, S, C, 諸人及 Y 女士不都是與我很好，而各人經濟又很寬裕的麼？我不如咬着牙齒去試他一試罷！在每條路都走過了之後而失敗，我也是對得住我自己的。

他決定向校中的同學去借錢了。想定了主意之後他立刻閉了箱子，穿上衣服，去實行他的計劃。走下樓時他囘頭望了望牆上那張基督的畫像，不覺出了一種輕鄙的聲音，"你這孱者！"

　　初夏的天氣，是與少年人心中的思想，現在的人情一樣，是最容易改變的，蔚生走出門時，才覺天色已變。適才的日光已隱匿了，沉黑得很，似是要下雨的光景。但是他此時心中正燃着與眼前決鬥的勇氣，也無心及此，他沿着路傍樹蔭下急急地走去，心中却在盤算着借錢的步驟和怎樣開口，他想想一般向人請求什麼事情和借貸的方法，多是不在一見面時就提出，必須先談到別的閒話慢慢牽到本題，到最適當的機會來臨時然後才無意似的提出。但是這個方法很危險，遇到口才不靈活和手段不敏捷的人，每每談了半天，錯過許多機會，弄到最後所要講的還是不能講出，他知道自己的缺欠，所以決定今天不採這個政策了，另用斬釘截鐵的方法——一見面就講，借不着卽辭出再進行第二個，決不躊躇。

——決不致借不着吧?第一個人無望,再去進行二個,第三個……一人借五元,一人借拾元,一人借……校中認得的人還不少,一個個老着臉去嘗試,區區的幾十元錢總不致湊不足吧?……卽是眞借不着也不要緊,我可以……可惜我現在還沒有求人賙濟同捐助的資格,否則跑到同鄉會館去,效申包胥之泣秦庭,一陣咽嗚涕泣之下,當更可有望了!……當不致眞借不着吧?……

——S.與我最好,當頭一個向他去開口,P. 雖有錢,但是平日不甚來往,可是現在也無法了,第二個當向他,假若他也無望,則惟去找 Y. 女士了。……呵,用不想這般想,總當不致一齊都無望吧?

——現在是午後兩點鐘,到晚上回坐到暈黃的火油燈下時,今天奮鬥的結果當可曉得了!我很希望牠不致一點成績都沒有,眞的,我很希望這次能成功!假若幸而成功了,這次繳費的收據,我一

定要愼重地收藏起來，這原不比一般人的不費力
索自家中，這較上次的稿費還可貴呀！

　　這樣一路想着走去；理想中未來的勝利，更給
了他以自信的堅定和毅力。他走到了校中寄宿舍
裏，便一直去訪S。S.正一人坐在房裏看書，見他推
門進來，便站起笑道：

　　"蔚生，幾日不見你了，近來可看到什麼好書？
這是一本新出的……"

　　蔚生一心想着他的政策，便不待S.說完，也無
心看他的書，就截住說道：

　　"S.你近來經濟狀況怎樣？"

　　S.知道他的口氣是來借錢，便歛住了笑容，

　　"你是來借錢麼？你來得眞不湊巧！昨天在家
裏拿來了拾元，晚上押詩謎輸去七塊，今天又兩塊
多錢買了一雙鞋子，現在已經光了。"

　　說着，便將腳上一雙生橡皮底的鞋子翹起給

蔚生看。蔚生知道是無望了，身上如澆了一盆冷水，但是不敢停留，便說了一聲"再會，我再去找旁人借罷"急忙退了出來。

P.是一人單獨住在學校西面一條弄內樓上的，蔚生從學校裏出來，便緊握着拳頭急急地向P的住處跑去，像是怕走遲了他的第二意識便會阻止他的奮鬥，滅消他的勇氣，不使他再作這樣冒險的事。他走近了P.的住處，突想起他對P.並沒有十分的交情，今天突然要開口向他去借錢，未免有點冒失，又幾乎沒有勇氣敢去。但是情勢不容他徘徊，他祇得鼓勇走上樓去；他面部覺得發炎，心中祇是怦怦地亂跳。

P.正仰在牀上吸烟，聽見有人來了，便站起開門來看，見是不常來的他，不覺眼裏放出一種詫異的神氣，

"久違'久違！平常請你來都不肯賞光，今天怎

得……

蔚生幾乎給眼前的情狀征服住了，想用一兩句寒暄的話來回答，但是他的腦中經過幾秒鐘的躊躇後，他終于將來意向他說出。

P.先還笑着，但是聽他講了幾句後，臉色却漸漸沉了起來，蔚生講完了，他的臉色沉得也格外厲害。

“哦，你還沒有入學麼？可憐！你怎不寫信問家裏要錢去？——我早幾天在教室裏見着你，我以爲你早已入了學哩。聽說未繳學費私下受課，校長查出了要罰得很厲害！”

蔚生走上樓時，心中就有點昏亂，現在則更亂得猛烈，但是他還極力鎮定住自己，

“我到校中不過是看看的，我想你這次定能幫我點忙”

P斜倚在椅背上，聽了他的話，緊蹙着眉，搖

頭道：

“難！難！現在不比以前了。你我同學，我正應盡力幫你的忙，但是今年家父因為我去歲錢用得太多了，已吩咐店裏不准任我隨意支款，要錢須要親自到他面前去拿，所以我現在也是很⋯⋯你怎不同校長去商量看看？”

“不行，我已去商量過了”蔚生知道又是無望，心裏空了半截，幾乎無力說話。

“真不行麼？這也難怪他們。假若學生每個都遲着不繳學費，學校又怎麼辦得起來？我想學校裏最好應當設下一種免費額，專門為窮人不能繳學費的可以以工作來替代，省得窮人⋯⋯

蔚生的眼睛裏幾乎要冒出火來！他知道自己雖本是窮人，但是P.的話對他却分明是一種侮辱，他真不能忍受下去。他本待要向他發作，但是想了一想，却又覺不值得如此，便說了一聲再會，咬着牙齒，走了下來。

　　走出來後，一種不知名的潛力驅使着他不回到校中，却向西面一條通到郊外的路上走去。這裏也雖是上海，兩旁排列的却盡是第四階級的獄窟，一點也看不不出都會的色彩。小路盡了，再走過一座小河的木橋，折向東去，便已完全是鄉野；一望寥闊，盡是菜畦和墳地，祇有一兩家會館的高大房屋和幾支工廠的煙囪，可以遮斷視線。他一直前進，走到了一條直通黃浦江的大路旁一棵樹下才站住，像是夢醒了似的，自己對自己說道：

　　“怎樣？怎跑到這裏來了呢？不到學校裏去了麼？才碰了兩次壁，失敗是勝利的先驅，正好再去找第三個人！不要懦弱，難道忘記了家裏和莎菲的侮辱麼？去！去！不要被耶穌見笑！不要讓尼采生嘆！

　　他急忙移步向來的方向走去。走出樹蔭，突然

覺得面部有點異樣的感覺，他用手摸摸，仰面看
天，天已經下雨了，他不覺又回倚到樹上，

「啊，天下雨了！眞再到校中去借貸麼？算了，
理想與實現的距離，比地球與天空最遠的恆星的
距離還遠，永遠是達不到的！再去借錢，也不過是
多揭破幾張夢想的面障，永遠是無效的。算了罷，
不如還是回去，回去再另設他法罷……

但是……

他此時已沒有能力決定自己的行止了。

「再回去另設他法麼？所有能想的方法差不多
都想盡了，還有什麼可想？拿隻粉筆伏在路旁寫些
字向人去募化麼？ 奴顏婢膝的寫信給家裏或她去
乞憐麼？唉！唉！我甯可……

他倚着樹幹正在紊想，離他不遠的草叢中，忽
然有一隻白色的小羊被一匹野狗追逐着從裏面竄
了出來，野狗緊追着不捨，小羊低首狂鳴，一齊從

這條路上疾馳向東面去。他的思想被這突現的異
象吸住了，不覺睜大了眼睛，也隨着一直望了過
去。

這種景象，對于他現在的神經恰成了一種啓
示，一種帶有魔力的啓示。他凝神望了一會，望着
這兩個在遠處漸漸消滅，徒然像獲得了什麼似的，
不覺喊了起來：

"呵，可憐的弱者！你這被欺凌的弱者！你向東
面去，我也隨你向東面去罷！東面是通黃浦江的大
道，黃浦是大海的支流，人世既這樣冷酷無情，我
還是到海中去求乞罷！海中有的是血紅的珊瑚，
碧綠的水藻，有泣珠的鮫人，有多情的人魚，我還
是向他們去求乞罷！他們一定能允許我的。我要跨
了海獸，擁着人魚，披了珍珠，執着珊瑚，再重到人
間來復仇！去罷！去！去！…………

他失去了自己身心的駕馭力了！

他覺得後面像已有一陣黑壓壓的東西追來了似的，也不再想怎樣才可行抵海中，急也從這條大道上向東跑去。

這是一條直趨黃浦江濱的大道。鄉野雨中的午後，路上闃無一人，這時祇有一團模糊的黑影在遠處隱約可見。再過幾秒鐘後，這黑影也漸漸在濛濛的細雨中黯淡下去，終于不見。

地面和空間全被雨氣朦住了，一眼望去，上下都是一片灰黯。

十四年六月十六日上海

姊 嫁 之 夜

壁上的一座時鐘，機輪先喥喥地響了一陣後，隨着就破了空氣的沉寂，悠然鳴了兩下。在這暫時的響動消滅後，房中的深夜寂靜的空氣，立時又歸到原狀，祗有一盞昏黃的油燈，還在無言中繼續着牠的殘喘。這時的天氣正是惱人的豔陽時節，雖在夜間，在街市中的行人依然可以感得春風的沈醉，惟有這一間小房，緊閉的窗櫺，却拒絕了春之噓拂。

'啊，好奇怪！精神這樣疲憊，怎麼反不能成睡！'

二十一歲的舜華，睡在這間房內的一張牀上，聽壁上的鐘聲敲了兩下後，便這樣地煩燥了起來。同榻的他的一位表叔，呼呼的鼾聲，和那一雙已黑污了的雙足自被底所蒸發出來的氣息，尤使他輾轉得益不安甯。

其實區區的脚臭，在凡百滋味都受過了的舜華，並不是不能成睡的主因；他今晚所以這樣，實是在他的心中有些無形的東西作祟的原故。這種情形，與他三年前的一晚所經過的正復相同——那一晚，便是他哥哥結縭之夕。

他的精神今晚確是很疲憊了。今天是他雯姊的婚期，他以弟弟的資格，一早起便幫着在禮堂裏佈置；好容易待到四句鐘行過婚禮後，又忙着在酒館中作賓客的招待。他這一晚是與他姊姊坐在一

席的；座中除新婦新郎外，還有四位相伴新娘的她
的同學，這四位女士都打扮得花團錦簇，如開屏的
孔雀般，似是有意與新娘爭妍。感覺敏銳的舜華，
雖是對於異性的滋味已有過很深刻的經驗。然在
這萬物都萌動的春天，對了這當前的少女，眼看着
一朵朵紅霞飛上了她們酡然的雙頰，和那紅灼的
嘴脣接近酒杯時筋肉的顫動，都不覺感到一種苦
悶。這分明是一種誘惑，是一種帶有閃避不脫的勢
力的誘惑。他幾次立意垂下眼簾注視面前的雙箸，
但是祇要兩秒鐘之後，他的目光又不由自主地飛
上他所不敢看的東西上去了！

　　經驗是能與人以智慧的。他經過幾次這樣地
失敗之後，忽然悟到這誘惑不過僅是誘惑，多看一
眼決不會發生有實在性的罪惡，便索性儘情地看
了。很奇怪，因爲是婚筵，今晚在各人的心中差不
多都聯想到一件不好說出口的事情，但是各人又

都想着要說，因此彼此便借了象徵的東西和暗示
的話語來互相戲謔，以發洩自己的興奮。尤其是這
幾位初感到春意的少女，戲言諧笑，更像着了魔似
的幾乎忘記同席尚有異性的他存在——這或者是
她們故意如此。帶有幾分醉意的微矓星眸，表示拒
絕時扭動的腰肢，白晰的手，嫣紅的腮，謦咳的香
息，都燦然並起，他如進了天花繽紛的禪室一般，
心旌不住的搖搖。新娘本來也很風流，但是今晚好
像是受了拘束或是感到一點別的事情，竟變得很
莊重了。這一桌的人物，既成了今晚各席的重心，
加之又都是些年歲相若的青年，所以一直鬧到其
餘的賓客都走完了總散席。在舜華送了一對新人
登車自己回到家中時，已快近十句鐘了。

　　今晚舜華所睡的地方，并不是他平日的臥室，
他自己的臥室因為這次雯姊出閣，親戚來的太多，
已經讓給別人住了。現在的一間是在他家的間壁，

恰巧新近有人遷移了，正空着，所以他便臨時租借
了下來。這雖是一間在上海人對於房子的判別中
認爲最好的前樓，但是講到佈置，與其說是簡略，
不如爽快說是沒有。一張架牀，一面方桌，合起檯
上的油燈壁上的時鐘，大小尚還不滿十件。如此大
好一間房間，僅安下這樣幾件家具，雖說是有點疎
空，然因爲不過是暫居，且近日更有些別的事情，
所以卽是平日對於房中佈置很留意的舜華，到此
亦任之不問。

　　他回到房中時，那位與他同榻已三日，彎腰曲
背，迂腐騰騰的表叔已一枕鼾然了。他在房中站了
一會，一種初自熱鬧地方歸來，腦中尚不時翻現着
適才的印象的情調，佔滿了他的心頭。他因爲房中
空氣太肅靜了，祇得又跑到間壁他們的賭博場中，
作壁上的觀戰，一直等到十二點鐘已過，一連幾個
呵欠給了他一個疲倦的通告時，才又遛步歸來。

可惡的春天，似是在空氣中散下了麻醉劑般，使人到處都有點朦朧之感。他走進房中，卽覺得昏悶惱人，便推開一扇窗子，然後才預備就寢。一日來奔走的困頓，使他頹然在牀沿坐下，他側了頭無精打采地正解衣紐，窗外的一角滿布了小星的湛藍色的天空，不期闖進了他的眼簾。就像從星光中飛下了一般中人欲醉的東西般，他才解了一半的衣紐便突然中止。因爲他在暇時曾閱過一兩冊無聊文人寫情的文章，不覺受了影響，到此便脫口嘆道：

'呵！如此星辰非咋夜，爲誰風露立終宵！'

一種悵惘的心情，驅使他狠狠地將窗子重行關上了然後才卸衣就寢。表叔此時入睡已久了，祇有酒後咻咻的鼻息尚時時可聽。

上牀後才展開棉被，一陣冲人欲嘔的熱臭的氳氤便從被底發出。舜華雖巳和他睡了三天，而今晚似乎覺得是特別難受。同他睡在一頭去雖可以好些，但是舜華又不情願；他不僅沒有這種習慣，並且睡在一頭會聯想到一些別的事情反益覺不便。他無法，祇得緊緊將眼睛閉上，但那裏能入睡！腳臭在他鼻端環繞，眼簾裏卻現出一隻肥白的纖手，挾了一雙牙箸，伸過來在自己面前的碗裏佈菜，袖管大了，從迎面望過去，正看見白絲邊的粉紅褪衫和一條線彎上去的手腕。

一點鐘早過了，慢慢兩點鐘又過，他依然未能成睡。眼中儘現出些修長的黛眉，豐潤的紅頰，笑時抖動的肩頭和偶爾現出的白牙！

'呵，真討厭！兩點鐘已過了，怎麼還不能入睡！'

舜華悶得不耐煩了，便在被裏用力將身體一翻。這一翻，竟將沉睡的表叔也驚動了；鼾聲暫息，他竟說起囈語來：

　　'男女居室，人之大倫，今夕是良晨，今夕是春
宵，我要祝新郎……'

　　舜華聽了，又氣又覺得好笑。

　　'呵，可惜睡在我旁邊的是脚臭薰天的表叔，
假若另易一位……'

　　'呵，已兩點了，遙想雯姊此時當已……'

　　這兩種離軌的意念，不知怎樣，突然在舜華的
心頭浮起。彷彿恐怕他的想念竟已實現似的，他連
忙閃眼向旁邊看了一看。旁邊仍然是一件黑布棉
袍蓋在被上。一陣陣的脚臭緩緩地從被底發出。

　　他又想到他姊姊今晚的事。關于在結婚幕後
躲着的祕密，他自己是早已窺破，他想姊姊或不致
像他這樣，姊姊今晚或許小鹿怦怦，正不知怎樣是
好哩……舜華才想到這裏，一股不知從那裏來
的熱力流貫了他的全身，逼他不由自主地側轉身
子，將兩腿略略灣起。他受了苦惱，立刻又自責道：

'該死，該死！怎麼這樣無聊！姊姊出嫁與你有什麼相干，值得要你想到這些事？時候不早了，不如快點睡罷，快點睡罷。'

他勉強閉上雙目。

這是一座半圓形的禮堂。正中懸着一幅廣闊的紅幔，幔上綴了一雙金黃的喜字，從台上望下去，一直到牆脚，黑壓壓地都是人頭，都是來參與今天這婚禮的嘉賓。但是在他的眼中並看不見一個人，他的目光，此時祇認識幔上兩個金光燦爛的喜字。電一般的目光，一直透過了喜字的背後，從這背後，他漸漸看出一對青年的男女，男的着一套黑色的禮服，女的則自頂至踵，都籠在霞光的蟬翼紗中。兩人漸漸走近了，伸開長臂，微笑着，互相擁抱了，女人血一般紅的雙脣，粘在男人的嘴上。在兩人旁邊，遠遠地又有個瘦白的青年，像嚴冬赤身立在風雪中般,不知何故,這青年戰慄得竟是這樣厲害,兩耳濃濃地冒出青煙,目中噴出了赤豔的烈火;一種炸裂的聲音,續續自胸部發出。他看見這兩人接吻後,雙眉一縐,卽緩緩地自身邊抽出一柄……

'呵,新娘來了!'被這聲音一驚,他眼中幻覺立時消滅回過頭來一看他的姊姊果然來了。四個盛妝的姑娘攙扶着,穿一雙水紅的高跟鞋,走一步時,手中捧的花束和頭上的紗球都在巍巍的顫動。她才走上禮堂的階級,斜刺裏又有兩個青年將新郎擁出,他一看見,兩眼眞噴出火來,要不是面前站的人太多,他簡直要跑上去撕裂她的披紗,將他的禮帽捧在地上!

——啊,也罷!什麼事都已過了,我又何必再爭這一點?姊姊,今天祇要你用眼睛對我望一望,我便可以饒恕你一切……

他一人在下面這樣自言自語。

但是新娘今天忽然莊嚴了起來，走上去時垂下了眼簾，什麼人也沒有望！

——呵，姊姊！言猶在耳，誓墨未乾，你竟負心了麼？你不是伏在我的胸前，哀求我不要自殺，說祗要此身長健，何事不可作麼？休問你我是姊弟，休問你我是一姓，祗要奮鬥到底，什麼願望都可以成功，戀愛不應有一點的顧忌，這不是你講的話？但是你現在怎這樣了呢？你曾說與他訂婚並不要緊，祗要不正式結婚，於實質並無妨礙；堅持着不允同他訂婚，反使家裏人啓生疑竇；到必要時再聲請解除婚約，實不為遲，也並不礙事；這是你對我講的話。但是你今天怎跑到這裏來了？我赴校才一個月，你怎麼就突然改變？要不是我昨天在報上看見趕回來時，我今天還在夢裏哩！你為什麼好好地要棄我！你是鄙我無能，你是嫌我瘦弱？你還是怕

受不住家庭和社會的攻擊？還是燦爛的黃金迷住
了你的心?還是他一頂平頂的方帽眩昏了你的眼？
你總該預先向我說出個原由來！你戲弄我不足惜，
你怎對得住聖潔的愛情二字?呵,愛情！——愛情
被你踐踏尚不要緊，我卻不允你踐踏你這件比愛
情還可貴的東西！你這兩瓣紅唇，這兩瓣讓我吮
過接過紅唇我怎麼也不能讓你踐踏！這是我的！這
是你親自在一個晚間送給我的，我豈可任你轉給
他人！這上面有我的痕迹！這上面有我的悲哀，也
有我的歡樂，我怎麼也不能讓它再靠近別人的唇
上。我任你撕爛你的精神,我任你壞你其餘各部的
肉體,祇有這一點地方,這是我的，這是你親自送
給我的。這已沒有你的主權,我怎麼也不能任你糟
糊!你要想和他結婚，你就該割下你的嘴唇給我！
你不把你這個屬於我的嘴唇給我，我是無論如何
也不干休！

　　他瞪住眼睛，心裏說出這樣長的一篇話。可惜衆人此時都在注視台上的婚儀，沒有那一個肯回過頭來看他；假若有人回頭看他時，一定可以看出他的臉比死人還要慘白，他的眼睛比瘋狗還要可怕！

　　這時台上的秩序，已經到新人交換印戒了。他看見姊姊從手上褪下指環交給新郎，他低頭望望自己的手指，一種嫉妒的憤火冒穿了他的腦門。他忍耐着用牙齒死咬住嘴唇，嘴唇已被他咬破了一條創裂。繼着又是來賓演說。有的說有情人終成眷屬，祝他們幸福無量；有的祝他們早生貴子，爲國家培養一個有用的人才。他在時起的掌聲與哄然的歡笑中，聽了這些話心裏更加憤怒，他想到早生貴子，他眼睛裏看見了一雙筋肉都緊張的赤體男女，女的側着臉，不住將兩瓣鮮紅的嘴唇在男人的嘴上噪嗦……他想起這種情狀，他的神經再也無力統取了，他忍不住叫了一聲，立時覺得眼前一黑，天地都在旋薄，什麼都消失了！

在衆人的慌亂中，他又徒然清醒轉來。他想起適才所見的情狀，祇覺心裏一陣翻騰，咽喉痒癢，忍不住哇地一聲，突然嘔出了一口鮮血。衆人忙將他仰起，他接着又漫出了幾口。此時新娘似乎已聽出這聲音是什麼人所發，臉色突然變白，但是始終沒有抬起眼來。他的父親自台上跑來問他怎樣，他祇閉目不語。昏昏然他被衆人移在禮堂旁室內辦事人睡的一張牀上，血雖略止了，祇是神志依然還錯亂。其時外面的秩序已經恢復了，掌聲與歡聲又續續起來，他聽了心裏更劇烈作痛，想要站起，祇是不能。過了些時，他神經漸漸平靜下去，倦怠來了，不知在什麼時候，竟慢慢地睡去。

他一覺醒來，小室內已一燈熒然，外面寂然無聲，婚禮已散過多時了，他腦經雖依然昏痛，但是身體已復了原狀。他聽聽外面已沒有人聲，知道婚禮已畢，不覺想到今天這嚴重的一場，竟也忽忽過去，忍不住萬念俱灰，覺得什麼都消失了……

'呵，不行，我決不讓她過去！'他想這樣自己未免太懦弱了，不覺突然又發作了起來。'我若隱忍不言，她將以為我懦弱可欺，嫁後更又要用別的話來欺騙我了。不行！今天已是最後的一次機會了，我決不讓她過去，我要往旅館中，當着衆賓客的面前，當着兩家家長的面前，我要質問她對於我的負約！她既棄我，我雖不定要她執行她的信約，然我卻要她親口取消她的信約。呵，不行！我今天若任她安穩地過去，到明朝便甚麼也沒有可提的價值了！'他想到這裏，突然翻身跳下牀來，穿上衣服就走，雖是兩腿軟綿無力他也不顧，雖是看門的攔着他叫他不要出去受風，他更不顧。在外面找着了一輛車子，他叫車夫急馳向旅館去。

抵了旅館,他往二層樓上就走,上了樓,找着房間,他一直闖了進去,看見一對新人和兩家親長坐在一席,衆人正圍着鬧酒。他一見這盛妝的姊姊,想起以前的事,忍不住淚流滿面,嘶聲喊道,'呵,姊姊!你欺騙得我好啊!你怎輕輕地背了信約?'新娘的纖手正舉了一滿杯的葡萄酒,一聽了他的聲音,渾身戰慄,噹的一聲,酒杯突然墮在地上,面色慘白,站起了反身就走。他的父親和其餘的人都楞住了,正不知何事。他見姊姊走了,跑上去便拉,新郎卻從旁邊將他攔住;他一看見這面目,怒從心起,伸手抓住新郎的襯衣,咬緊牙齒,劈臉就……

★   ★   ★

'哎呀,舜華!舜華!甚麼事,甚麼事?'

在沉睡中的表叔,腿部突然被人猛烈地打了一拳,嚇的連忙坐起來用力將同睡的舜華推了滾下。

他被推醒了，睜開眼睛一看，自己正罩在一頂破舊的夏布帳內，房裏充滿了火油燈的黃光，適才的景象都消滅了，不見旅館，也不見姊姊和一干人，祇是心頭跳得利害，口角還粘着涎沫。他知道是夢。

"甚麼事？"

"沒，沒什麼。"

"你夢見了什麼？你怎打了我一下？"

"哦！我夢見我捉着了一雙老鼠" 我把他往地下一攖，不期竟打在你身上了！打痛了麼？' 他不由的說起謊來。

"呀，原來如此，還好，沒有打着什麼。"

表叔說了，依然重行臥下。棉被一掀動，他又開始聞着了脚臭。

他不相信適才的事是在夢中，他也不相信現在是在醒着。他祇覺得好像初從黑暗的影戲場中，重走入了街市一般，腦中的印象與當前的實現都分不清悉。他怎麼也想不出他竟會作出了這樣地一個夢來。他今晚曾見了很多的少女，關於他姊姊的事他僅想過一點，他今晚不做一個旖旎的春夢，卻做了這樣地一個慘夢，實是他想不透之事。

　　這時已五點多鐘了，千金的春宵，看看已近天曉。他知道不能再入睡了，祇得將鼻子塞住，閉目養神。沙漠般荒涼的上海，住在這連青苔都沒有一點的弄堂裏，在這天曉的一刻，休說聽不見雞鳴，即犬吠也從未聽過；祇是牆頭上有兩隻懷春的貓兒正在嫵媚的呻喚。

十四年四月三十夜上海

女媧氏之遺孽

（一）

　　莓簌今天走了，敬生又在郵局中辦事沒有回來；偌大的一間樓上，祇有我一人靜坐，樓下的笑語歷歷從窗口遞上，使我倦念的心懷，益復不能自止。昨日此時，莓簌還在我這裏，他並沒有同我講起即要走的事，然他今日竟偷偷地走了，在他的心意，以爲不使我預先知道行期，可以減少我的痛苦，殊不知今日這突來的離別，却益發使我悲傷

哩！我今天清晨從牀上聽見他嫂嫂在樓下對他說，
莓弟，時候不早了，你還不預備車子走麼？我的心
眞碎了。我本待要起來送他，無如我們的關係旣是
這樣，我惟恐他人見了我的淚容，反將格外引起流
言和蜚語，所以我祇好蒙頭掩面痛哭。知我此時情
的眞惟有這一條薄薄的棉衾了！

　　他近來大約知道開學期近，快要與我離別，更
格外同我親近，每當敬生出去後，便卽不顧一切地
跑上樓來同我談笑，以期在歡樂的陶醉中，想使我
忘記了未來的離別。然他雖是這樣地用心，雖是這
次使我是免去了黯然銷魂之感，他却忘記別後的
我了。可憐今日這一個晴天霹靂，驀地分離，使我
追念起舊情，中心如何地難堪呵！

　　我早知他今日便走，我眞懊悔昨晚的一舉了！
我近日因莓篠校裏就要開學，心中常是不樂，昨晚
敬生忽然要我出去看戲，說是看我近來太沉悶了，

要我借此散心，我當時因怕他窺破了我心中的隱事，所以不敢回却，祇得立時答應，然不料我們在樓上房中這輕輕地對語竟使他在樓下也聞見了。我們出門時我行過天井，回頭從廂房玻窗中望去，只見他伏在案上不動，大約又是哭了，我要進去勸慰，却又因敬生同行，爲免他疑心起見，我不好停留，祇得隨着出門去了。他每見我與敬生同行，總是常要傷感，我雖極力勸他解脫，告他這是無可如何，不可免的事，然他終無以自寬，因此我便不常輕易同敬生出去，然有時又爲情勢所迫，勢不能不一同行走；便如這次的事，我在這種情勢之下，實不能不敷衍敬生一行，然却又惹了他的傷感了。我既瞥見他在房中痛哭，我雖走到影戲園裏，我的心却留在家中！我和敬生並肩坐在一排椅上，黑暗中我耳邊祇有嚶嚶的哭聲，眼裏祇見莓簸聳動的雙肩和一付苦悶的面目。我想起全是因我這個不祥

之身才使他一個活潑的青年，忽變到如此銷沈，我
的心裏真止不住一陣愴痛，我祇得伏在前面的椅
上，用口緊噙着我的食指，以期減殺這不可遏止的
悲哀。敬生見我忽然伏下，便在旁問我何故，我祇
好推說因場內人多悶久了覺得頭暈。我伏了好久，
一直到我感情平服了下去方敢抬起頭來，這幸虧
是在暗黑的影戲園中，若在他處我深知又要惹起
閒言了。如今他雖走了，但是我想起這事，我滿心
總覺對不住他。我以一個中年有夫的婦人，不能恪
理家政，自覺已很慚愧，不料一續舊情，又復傾心
在莓箴身上，我現在雖並不是威懾于什麼禮敎和
婦道，才想說出此話，雖是愛情的發生也並非片面
所能為力，然可憐的莓箴，在我未和他發生關係以
前，他終是個樂天活潑的青年，心中沒有一點悲哀
的影子，自從在三年前他與我發生關係以後，他就
由青春的樂園中，立時被推到了煩悶的深淵裏。他

雖並沒有因此而改變了他高尚的志趣，苦心的力
學，然他青春歡樂的夢影終因此打破了，他蓬勃活
潑的氣性，終因此一變而為沉默寡歡了。

　　呵，我真罪過！我此時雖並不懊悔和他有這段
歷史，然我終害他了，終辜負他了。我這一株已萎的
殘范，真不配再蒙園丁的培埴！呵！我要……天呀！
我要怎樣做？我為了不要使他再繫戀我，我為了不
要使一個有望的青年再淪陷于絕望的悲哀裏，我
要忍痛割愛了！我要使他有所覺悟，我要使他覺得
我不可再留戀；我要使他憎我，我要使他與我隔
絕！我既為他犧牲了我良妻的美名和家庭間的燕
樂，現在為了澈底愛他的原故，為了不忍使他因我
而受苦的原故，我更要採取我心痛的政策了！犧牲
一百個無用的我不足惜，我甯可使他怨咀我的無
情，我不忍坐視他銷沈在絕望的悲哀裏！我要澈底
的愛他！——，可憐呵！我也祇好一人躲在樓上寫

寫罷了。我在這裏雖是寫得這樣地堅決，然當我一
見了他時，一見了他那付 Melancholy 的面目時，
我又想什麼的勇氣都沒有了！

　　因了我極意糜縫和敷衍的原故，我同莓簌雖
已發生了三年的關係，然敬生始終尚不曉得。近來
外人注意我們行動的已漸有了，他大約也終要發
覺。我不知他知道了我和莓簌的事後，知道我竟背
下他作出這樣地事後，他心中要起若何的感想！三
角悲劇中的最後一幕，大約便將要在那時演出，到
那時我為謝敬生和免莓簌受累起見，我唯有……

　　呵！這是惡兆，我不敢再想了！

（二）

　　我忽忽地回到房裏，從箱中取出這冊子，翻到
上次所寫的最後一段，呵，天呀！是誰使這段推想
擠進我的腦中？是誰使這段文字流出我的筆端？不
料我想起都恐怖的事，如今竟眞將實現了！

怪不得莓簽家中的人日來對我都改變了素態！怪不得我每次走下樓時，他母親總是向我作極冷淡的招呼，他哥哥總是向我微笑，他嫂氏總是向我講有二重意義和暗示的話哩！原來他們已曉得了我的隱事！他們已獲得解啓這祕密的鎖鑰了。愛情的成分雖祗有痛苦沒有羞愧，然我一見了他們那種銳利的眼光，將我作了鵠的，紛紛投矢于我身上時，我總覺這是莫大的恥辱。我從沒有經過這樣的窘澀，為了愛情的原故，我什麼都嘗到了！

今天是莓簽走後的第四日，早晨我從間壁窰貨店中收到他轉遞來的一封信，這是我們約好的通信地址；他信上說他倉促成行，未能使我預先知道行期，實有他不得已的苦衷。他說他在臨行的前夜，曾寫好一封信預備留交給我，不料當時因夜深了疲倦異常，竟忘記將信收好便去就寢，那知竟被他因赴宴遲歸，嚴肅的老父看見，他老父萬想不到他輕輕的年歲在暗中竟有這祕密，勃然震怒，立時將他從睡夢中喚醒，嚴重地申斥了一番，可憐他便不敢再留滯在家中，第二天清晨便忽忽地走了。他又說現今距這事的發生已是四天，他父親定已告訴了他謹默的繼母，狡黠的嫂氏知道，他問我日來他們對我的情形可有變動。

呵，天呀！我還在夢中哩！我真料不到竟有此事發生，怪不得他們這兩日以來對我的態度邊變！當我接到信時，我正歡歡喜喜方以為他定有許多的好話對我講，那知告訴我的却是這樣地一件事我看了以後，此身真如墮冰洋，什麼想念都消滅了i。呵，天呵！這令我如何是好？這今後的生涯叫我如何靦顏去承受？

啊啊！這今後的生涯叫我如何去承受！以前在事情未被他們發覺時，我可以同苺篴整天地守在一起，我可以很自在的從樓上走到樓下，我可以在他們任何的一個口中探問莓簽在外的消息。然現現在呢，我可以向那一個去詢問？當我未走近他們時，他們那銳利沈毒的眼光，已漲滿了譏笑兩字，使我莫有開口的勇氣了。他們不向我追詰，已是我莫大的安慰，我還敢再向他們去提及？事變之來，真如迅雷不及掩耳，我不料我們已不幸的關係中，更突出了這意外的變化！

　　他們自知道了這事以後，我深知他們除鄙夷我的行動外，還在暗中向我痛恨。在他們的意見，以為莓簽與我的發生關係，完全是出自我的誘惑，沒有我這個人，他一個十八歲的青年決不會惹上此事的。呵，天呵！他們若真有這種意見時，這真冤煞我了！我此時雖也有懊悔不該使他一個無辜的青年，惹上了痛苦煩悶的心意，然我的懺悔卻完全是在咒詛我自己的不祥之身，我並非惋惜這事的出現。我們的關係，若果真僅是因我的主動牠才發

現，那我倒也很可簡易地將牠消滅了。無如又不是
這樣；這樣的一件事，旣非我能爲力，亦非他能爲
力，在我們之間，實有不可抵抗的潛力驅策着我
們，使我們刻不容緩地自相前進，在我們自己彼此
尙未發覺時，這其間已有了不可移的根蒂了。我們
現在祇好咒詛這翎毒箭怎地射到了我們的心上，
我們又那裏有逃避這勢力的可能？

（三）

　　自從我的事被人知道了以後，我的心境就立
時改變，我苦痛的重圍中，又加上了一層疑慮的縛
束。以前我雖也明知這事早遲終必要被人知道，心
中不時對了未來懷着恐怖，然當莓筬未離開，或偶
爾想起了一兩件已往的夢影時，在我層集的悲哀
中，總有時會檢出一絲樂意。然現在則難言了，我
雖並不甘自沈于愁嘆，然任是怎樣强顏歡笑，勉自
慰抑，這莫大的鎛隙，終非一點薄薄地自飾所能掩

隱。我在家中向來是被人譽為善交際能適應環境的，所以她們暇時每喜同我聚在一起談笑，然我現在又怎好再同她們在一起呢？　她們雖不致在我面前竟提起莓篋的事，然那兩道眼光，已明明地將我的隱事，加蒙了一領護篋的外衣，呈現在我面前；她們雖不向我橫纏，便僅是這些已很夠我消受了。我不懂我何以現在見了她們，總有點自餒，有點害怕！

今天莓篋的嫂氏走上樓來，笑着對我說，莓篋年長了，家中很替他煩心，問我可有適當的朋友或學生，介紹一位給他。他這位嫂氏為人極機警，善辭介，許多在別人口中趑趄講不出的話，她却能不顧一切的說出，我平日見了她已感覺有點難于應付，然仗持我並無什麼話柄在她口中，所以倘可同她狡辯相對，自從我的事被她們知道了以後，我就很怕與她交談，而使我最感困難的便也是她。她每在衆人面前，向我講出極使人不能忍受的話，我因了她的詞鋒太厲，又以有所顧忌，所以每祗好置之不答，然因此她便益發志長了。今天她上樓來後，我預知她定又要向我嘲弄，果然，她覺講出這話。她講這話的用意是極明顯，不待我思索便已知道，她無非想藉此嘲弄我罷了，然我又能向她講什麼呢？對于這加到我的一切，我除無言地承受外，我又有什麼可以答復？

　　實則，對于這事的發現，我並無一絲恐懼的心，休說是她們這幾個無關係的人知道，即使令關係最密切的敬生知道了，我又何懼之有？我若對于這事有所畏葸，在當初嫩芽方萌出土面時，我早就將她消弭了，我既大胆滋着牠去發長，這便是我不顧忌什麼的證據。至於現在我對于人言所以要有點退縮讓避者，我實別有所苦。莓簸現在僅是個在學的青年，因我的原故他已攪了不少的煩惱，我現在若再因了不甘受他人的奚落，或爲了愛情的光

明而防禦,毅然奮起掀去一切面障,將事的始末向
敬生剖說個明白,那我雖倒可博得水落石出,不再
受無限期苦悶的倒懸,然却未免更累莓筬了。敬生
知道了以後,對於這事一定要引出很嚴重的交涉,
那是可斷言的,莓筬和我雖並沒有什麼海誓山盟,
然當我萬一有了危急時,他是一定要奮力相助的,
到那時卽使我沒有什麼困難, 然當事情鬧得這樣
天翻地覆後,我們的生趣全無已是可斷言了。我本
是無用的殘軀,我犧牲本無足惜,然他一個靑春燦
爛的年華, 若竟因此事而亦顚送, 那未免太可惜
了。我爲了此事,爲了不要使一個方興未艾的奇標
竟因我而枯萎,所以我平日雖是不肯一步讓人,然
此時對於這投擲我的一切, 我也祇好效法十字架
上的羔羊,含淚無言,仰首去承受! 本來一切都是
我的罪過,沒有我又何至有此事發生。我爲了我的
罪愆而受辱罵,這不是我應得的懲罰,我方愁我無

贖罪的餘地，我豈是逃刑的懦婦！

寫了一封信給莓篨，勸他不必因我們的事被人知道而悲傷。這本是不應隱瞞的事，這本是應當登在高峯之上戴起榮譽的冠冕向萬民去宣告，萬民聽了都要爲我們額手稱慶的事。無如在被幾千年傳統勢力積威的縛束下，在一點眞情被假面重重的禮敎斬割得的無餘中，人心裏終不敢迸出這一縷眞靈！

繁茂的果叢經了溫煖嬌豔的秋陽，纍纍的華實自要無隱掩的呈獻，我們的事也是這樣，這正是自然成熟的表現，我們又何以必顧慮！

（四）

上次曾寫過一封信給莓篨，後來又寫過一封，至今已月餘了尙未得覆，這眞使我焦急萬狀，飲食都不得安甯。他怎麼還沒有覆信？無論校中功課怎樣地繁重，然寫信的時刻總可抽出；敢是我的信竟在中途遺失？然卽使他沒有收到我的信，在這一個月餘的間離，他也應有信給我。他如今這樣長久的時候沒有信來，難道眞個是憂鬱成疾，竟纏綿在病榻，不得作書麼？近來家中的人對我雖稍安，不再像那樣糾纏，然大錯鑄成，我們的事終已非昔日可比，要再求已往的那般歡情恐終非今生所能夢想。我爲此事，近來的心情已日趨煩悶，再加莓簽這樣長久沒有信來，杯弓蛇影，市虎含沙，實使我百慮叢生，眞疑此中或醞釀着未來的大變！呵，他何以沒有信來？卽使眞病了，他也應倩人寫個信封，寄頁白紙給我，怎地祇這般杳無消息！

在莓簽初離家時，我盆中的水仙方含苞初放，現今則架上祇剩了一座空盆，這株薄命的殘花，正不知被人輾轉棄擲，已到了什麼地方了！屋後的連山，宿草已重披上淺碧的新衣，欣欣地漸侵到蜿曲的山徑，我每日坐在房中，從床後的小窗，獨對着這盎然的山色，春風挾了花香和土中蒸發出來的氣息，不時從窗櫺送進我的鼻觀，使我想起我心中蘊蓄着的疑難，不禁要咒詛這繁盛耀人的艷景！啊啊！我此時若是個悔敎夫壻覓封侯的深閨思婦，看見這陌頭春色，想起了舊日歡情，我倒也可索性整日地緊蹙雙蛾，在樓上去長吁短嘆，博得衆人的憐惜，羣來向我慰問。　無如我現在的情形又不是這樣，我名義上的夫壻正整日地在我依旁；我心中的戀影，祇好嚴局在我的心底，我想起祇有在暗中啜泣！我不但不能在光明處向人去訴說，祇恐我訴說了衆人反要責我的無恥，咄我的狂妄。啊啊！誰沒有他的祕密？誰沒有她理想中的戀人？我究竟犯了什麼罪過！我的事究有甚不能對人言之處！你們怎只是這樣地虎虎然伺隙於我側，想乘間向我狂噬？

　　人的嘴眞厲害，現在除敬生以外，凡與我們時常晤面的，槪都知道我們的事了。我的事本不必隱

瞞，尤其對於無關係的他們更不必顧忌，祇可惜
他們知道了我的事後，不能如我知道我的事一般，
每要存種種鄙視的心，以為背下丈夫作出這樣的
事，是可恥的行動，實則我真不知這果有何恥！禮
敎中的貞操與 Cupid 箭鏃上的戀愛果有何關係？
然敬生現在尚不知道這事，這終是我的幸福。我講
這話，並非我的事獨畏彼他知道，實因這事尚未屆
可以使他知道的時候，現在若一旦給他發現，不但
我的計劃將完全打破，且更累了年輕的莓箴一生，
徒增我許多百身莫贖的罪孽，所以我之苟延殘喘
我的用心實別有所在。近來很有幾人向我諷示，說
我狡猾，敬生和莓箴都上了我的圈套，說我旣在謀
一人精神上的戀愛，同時又在享受他人物質上的
安樂。啊啊，這是何意！我豈是視愛情如兒戲的巴黎
婦人？我豈是驚于繁華的風流少女？我忍辱含羞，
仰息在與我不得不同居的豢養者之下，我實如坐

針氈，一刻未能忘懷，我豈是苟安逸樂？不過我想起了羽翼未豐的莓箴，我終不敢輕圖妄舉，我終祇好忍辱吞聲暫時忍受罷丫。

　　莓箴沒有信來，實使我什麼事都懶於作，我眞被他牽住了，我心中簡直沒有一刻的安甯。他何以沒有信來？他不應這樣長久沒有信的，即使眞患病他可也作個簡單的信告我，如今這樣長久地杳無消息，實使我猜不透他現在究在何種境況。他總不致忘我，他也不致被人禁着不許寫信，然我何以這月餘以來，每日在間壁的麯貨店中，總得不着他的信呢？我爲了我們的事被人知道，我已受了很大的打擊，現在更因他這樣長久的時候沒有信給我，我更覺焦灼萬狀，我的神經已漸漸失了常態；胸中時起阻惡，我雖極力地防禦不使人知道，然我有時每會不自知的流露了我的心事。昨日我附在涼台上閒眺，莓箴的嫂氏從下面拿了一枚朋友送來的紅蛋對我說：“你看，好大的一粒紅荳呀！”她講這的用意我深知道，然我的事已至此！，我又怕什麼人呢！

（五）

這冊子我又一月多未寫了，在我上次寫時，我萬想不到這次竟會伏在枕上寫的。天有不測的風雲，我眞想不到我竟會忽然害起病來！我的病是什麼時候患起，我現在已算不起來，祗覺日日孱遞，我病榻的生涯已將近兩旬了。小窗深鎖，長晝沈沈，益以春雨凄凉，倍使我念着久無信息的箋不能自止！我此時雖不能尋出我患病的時期，然得病的來由我則深自明瞭，我知醫我這病的囘春妙藥，實祗有海上的一羽孤鴻；青鳥不來，我的病恐終不能自已！

自患病以來，我的神經很衰弱，睡眠的時間很少，卽偶爾入睡了；也每每被無端的噩夢擾醒。我在夢中不是看見莓箋一人病殢在上海的邸舍，便是覺得我一人僕僕在道上去求律師；種種在我醒時腦中絕沒有一點影子的事，也會在夢中發現；我每次被驚醒了總要止不住浩嘆，在房中看護我的她們，聽見我的嘆聲，總要踽來笑問我在夢中又遇見何事。真的，她們近來似是很要留心我無意的表現每是幾人一齊走進房來，詢問我的病狀，問後又彼看各人的臉色，像是要和她們適才在外此看面所講的什麼對證一般；有幾次我更聽見她們在外間切切地私語，我雖躺在牀上不能知道她他所講的，究是什麼，然是在那裏論我的事則可斷言的。其實我的事和我得病的來由，她們那個不知道？我現在正不要再迴避什麼，她們又何苦這樣地藏頭躲尾！

雖在十日以前，敬生已遷到另一房間去宿，然房裏往來的人太多，這冊子我不但不能寫，並且郎連看的時候也沒有。我現在祇好利用這一刻，這黎明的一刻，她們都因了白晝的辛苦正在酣睡的時候，我才敢從我貼身的小衣中取出這冊子，借了帳後小窗射進來的微光，側伏在枕上歪歪斜斜地寫。我不知我寫這些果有何用，但這是我們的預約；莓簸每好拿一枝筆亂寫，他也叫我想起什麼時不妨寫下，我這便是照他的要求。我心中真塞滿了奪咽欲出的話，然又無一個人可說，我祗好率性全移在這紙上了。

風雨連宵，春意闌珊，這樣的天氣很不宜于病人，尤其不宜于我這個非病的病人。我整日地躺在帳上，耳中聞着風雨的吹打，目中所見又都是對我懷了鬼胎的她們，我雖不要自尋煩惱，有時亦不能夠。她們近日每個進來問我，臉上總要現出疑煩的顏色，敬生也是這樣，他有一次對我說：“你放心，不要性急，且安心靜養幾天，什麼事都不要亂想；將心放寬了，任何的病總會好的。”這雖是對于一股病人的普通安慰話，然出自他的口中，我盧心的人聽了，不穴而風，總覺是有爲而發。他雖不致也曉得我的事，然我總覺有點不安。

這一間小樓被閉得緊緊嚴嚴，既看不見含淚的落花，又聽不着喚歸去的鵑聲，我祇得將這病軀遺在牀上，率性任了靈魂挾起殘破的敗翼，去在幻想之鄉裏遨游。然我一想起久無信息的莓箋，我的一縷游魂，又如經不起這窗外風雨的小鳥一般，立時頹然從太空中墜到了可怕的層淵底！他如此長久地沒有信來，實使我雖不敢再去亂想，亦止不住不作無益的推測；他若與我僅是些若卽若離，曖昧不明的關係，那他這樣長久沒有信來，我倒可以疑他是在擯棄了我，失戀的悲哀，實較這不知是悲是喜的倒懸爲好受！無如他又不是這樣。我們彼此是決不會相忘，然他這樣久的沒有信來，却又是何故呢？呵！這疑悶，這啞謎，這百思不得其故的苦悶！

我雖病了近二十餘日，然我不但不能尋出我

始病的時期，並且我亦不甚覺得我是有病。醫生來了，雖給我診出累牘的病情，連篇的病狀，然假使我真是有病，這又豈是草根樹皮，一兩瓶藥水所能奏效？我不但不覺出我是有病，有時我在牀上想起了一些別的事情，念及假若篋此時是在我旁側，我直覺得我依然可以立時起來談笑或迻往樓下。但是待我要實現我的理想，偶然想將身子略抬一抬時，則又完全相反了。我不但不能坐起，卽連現在因這邊寫酸了想要反一側時亦不能彀。旬日以來，我自己覺出所謂病狀者，除飲食很少，胸頭時常作嘔外，便僅是衰弱這一點。其實我心體還依然強健，我想起這風雨中的暮春煙景，我直恨不得立時便起去眺望，不過我終坐不起來。我枉自學了幾年的醫，我也察不出我自己的病狀。

（六）

啊啊！我此時雖也能執筆在寫字，然我總疑惑在這裏的不是我，我這個我早已不知運竄到什麼地方去了。平常瘋狂的人，都是他人覺得他瘋狂而他自己並不覺出，我則此時雖沒有人說我是瘋狂，而我自己實覺已沒有再統取這神經的能力。我直到此時，我想起昨晚的一幕，我猶如在窒息的礦中一般，實沒有再呼吸的可能，我眼前所見的完全是一片空濛的黑暗，我已消失了我所有一切的感覺。我雖明知我在這世間並不能再有幾日的苟延，然在我一息尚存之前，這燈下的霹靂，總要充滿了我全身的細胞和纖維。——在我溘然長逝之後，我的骨殖化了灰燼，若有好事的人用了二重視覺的目力來辨察，我深知他一定能在這一堆死冷的灰中，看出斑斑的圖畫，都是關于這事的印象。

啊啊！我究將如何寫起呢？這事我雖記得清清晰晰，然我此時心中已如刧後的村墟紛然無序，這萬縷的悲哀我果將從何條說起！——我此時雖瞑目念及，我亦心痛難忍。我不知這心痛的作用，是否果起于司血的心房，假使我所想不差，我深知此時若將我的胸部剖開，血弩萬鍧，我這一拳破碎的肉塊，恐怕早已森然佈滿了孔穴！

然骨鯁在喉，我總不能不吐，這樣的一件事，我若也不寫下，我眞辜負了莓籛貽我這冊子的本意。好了，且待我勉抑悲懷，將這夢一般的奇境敍寫一下罷！

這幾天因我精神稍好，看護我的她們僅于晝間在房中陪我，晚上都是各往樓下或家中去宿，這偌大的一座房間，僅有我一人悄對昏黃的孤燈和岑寂的夜靜。每晚我一人側臥在牀上，遙看了壁間所懸莓籛手繪給我的玫瑰，那瑩白的花瓣，那淡紅的帶束，每要引起我不少旎旖的夢想和感舊的情懷。昨夜將近十一句鐘，我正醒着仰臥牀上，眼目推想莓籛久無信來的疑團，忽聞門樞微响，睜眼

看時，祇見敬生走了進來。自我患病以後，我每不
耐見他，所以他也不常進來，昨夜我見他忽在人靜
後來此，料想定是聞了我的嘆息前來向我慰問，不
料他走進來後竟在牀沿坐下，笑着對我說："蕙，我
給你看一點東西，"說後便用手向裏衣的袋中搯
取。我以爲他一定又在外面購得什麼粧飾物來了，
我方暗笑他對我用心的慮擲，那知他搯出來的却
是個很厚重的信封！呵，天呀！慘劇來了！我一見這
信封，我立時眼睛一黑，就如從千丈的高崖，一失
足倒撞了下來一般，我已消失了一切的感覺，我化
了石的身軀，直挺在牀上莫想動得分毫。這封信明
明是我投在郵筒中寄給莓箴的，却怎麼到了他的
手中呢？我目瞪口噁，一直到他從袋中繼續又取出
三封信來，我都一言未發，一瞬未移，但是我的身
軀却已由靜止的狀態中變到了戰慄。他見我戰得
厲害，牀柱都震震作響，便很穩重地對我說道"蕙，

不必害怕,不要驚震,你們的事我早知道了,這裏的四封信,兩封是他給你,兩封是你給他的,現在都在我的手中了。你作這事,我本沒有權柄干涉,不過你不該瞞下我作出。以爲我總不致曉得;你太藐視我了!現在我甚麼事都知道;我深知在你的箱子裏,還有許多關于你們的物件,你不必遲疑,你可將鑰匙給我讓我去檢視一下。你放心,我決不使你爲難。"——凡人遇着一件突如其來的意外事,祗有兩種態度可趨:一種是抵抗,不問青紅皂白,利害理曲,只管奮起去爭辯;一種是鎮靜,祗保持着止水的態度,以觀事情究要變到什麼模樣。不幸的我,對于這次事的發生,竟取了後種的態度,我木然無言,祗懶懶地從枕下摸出了鑰匙給他。我幸虧那時未有劇烈的擧動,否則一時造次,恐連現在週想的機會也沒有了。我將鑰匙交給他後,挺在牀上,眼見得他啓了鎖,從箱中取出個沉重的紙包,自己心裏雖想要去阻止，身體却無力移動。這裏面，正藏有莓箋以前所給我的信，和他手寫的一册日記，並一幀半身的肖像。他將紙包取出後，便在距牀稍遠的一張檯上，一件一件地察視了起來；他將小照看了一眼，又將日記翻了幾頁，隨後便將信逐封的抽出。這信的數目，一共有五十七封，都是莓箋三年來心血所凝成，紙色有的是淡紅，有的是淺碧，有幾封更由他在四週繪了同綰的雙心和許多美麗的圖案。他將信一一翻視了後，便又重行裹起，握在手中對我說道："蕙，我不再擾你了，你放心，你好好地安息罷。我現在不過將信拿去看看，我決不使你爲難。"說後便不待我回答，就逕自走了。

這事的發生，爲時不過僅延兩刻，我始終未開一句口，他說話的聲音也極低微，一切都極恍惚，我要不是看看鑰匙已不在枕下時，我眞疑是在夢中。他走後，房中一切又歸到甯靜，祇是燈光因油少嚣澹了許多；然在這空間，這幕後已薝伏了莫大的劇變，任是媧皇再世，煉就了幾萬方的五釆神石，祇恐怕囘天乏術，終無力補救了！

這一刻天才黎明萬象都尙在沉寂的睡眠中，昨夜雖發生了這樣的一幕劇，然世間知道此事的，除燈光同司夜之神外，恐怕僅有我與敬生二人，可是再過幾日之後，這事怕要不脛而走了。我此刻對于這事的發生，心中倒極安甯，並不悲傷銷沈，良以現在面障旣除，什麼難題都可解決，莓箴久無信來的疑問，我至此也恍然若釋了。

然敬生究竟怎樣才知道我們的事呢？我現在對于他得到我們信的方法雖能明瞭，然我總想不出他何以也會知道此事！我所藏的幾封信，我是禁閉重重，深鎖在箱中，他實從未見過；平常我在他面前關于莓箴的事，我又戒備極嚴，從未露過破

綻,我真不解他究竟何從知道!──啊啊!我恐了!我
真在夢中!我不知我這條自縛的痴蠶,究要到何時
方醒!人們誰是互相愛護的?人們誰不是以見同類
陷在絕境中為樂?她們個個都知道我的事,誰是緘
口的金人,我又何怪乎敬生也能知道!這一定是她
們中那一個暗告訴了敬生。敬生他旣在郵局中任
事,他知道了此事以後,只消囑咐局中檢信的人員,
將凡是本埠某某幾號郵筒收來寄往上海的信件,
和自上海寄來遞交本埠某某幾段地界的信件,都
一一送來給他檢閱,這樣一來,我們那幾封同我們
命運一樣的信兒,便如甕中之鼈一般,自然都到了
他的掌中了。我們的信中,每每有祗能我們二人看
而不能使第三人知道的事,不料現在都給他知道
了,這真未免有點太惡作劇!──發生了這樣一件
與我切身有關的事,我雖不應有閒情再作遐想,然
因了我此時精神很安靜,我想起這一點近滑稽的

行動，我倒忍不住要發笑。

　　眞的，我此時心中倒很安靜，並不紛亂，雖是我明知這事極關重要，並不是如煙雲般一現即可消滅的事，然我心中是很泰然，對于未來的一切並不懷着恐怖。死囚惟在立于被告欄內，聽法官在上面宣讀判詞時，心中倒極忐忑，待判詞宣讀後，知道所判決的正不過是絕望的死刑，態度反很安靜，因天下事惟有閼塞的苦悶最爲難受，待揭曉後則結果雖有不同，然問題得了解決，疑難已經消失，雖或又有新生的痛苦，然心中總較以前安釋了。我此時精神很平穩，大約也便是這樣心情的表現。歌生曾說他決不與我爲難，我不知這是他的眞意還是飾詞，然我們中間既發生了這樣的事，雖是我們自己並不要尋事，而同牀異夢，各懷鬼胎，這樣的情形不是久局已可斷言了。其實我現在對于我本身，我並不留意，蓋以後事情任是再有若何變化，我的判決已定，料想定不能再有比現今情形更惡劣的，祇是關于莓箴的問題，我倒很有點擔憂。敬生若眞能隱忍不言，那固是我所極希望的事，萬一他竟向莓箴的家屬交涉起來，引出法律上的糾葛，那莓箴以一個沉鬱的青年，如何能經得起這樣的波折？設若他竟作出些感情作用的擧動，那我到那時雖殺身以謝，也無救于這個莫贖的罪孽了。在理我與莓箴的事既被敬生發現，此時我正應藉此向他提出……（我眞沒有勇氣寫出這字，我不知我婦人懦弱無果決的心情，何以至此尙不能改去！）則此後海濶天空，正可任我順隨己意去翺翔，祇是此擧恐怕仍不免要將莓箴牽入旋渦，那我的志意仍不免失敗，所以此時我也不敢出此。我此時祇要能有方法不使莓箴因我受累，我眞什麼委屈的事都願做！敬生若能姑息不究，我可再忍辱去事奉他，祇恐他不肯甘心罷？

我不知死對于我們的事可有助益？假若我死後能使敬生因我已死不相追詰，莓箴也能從此斷念，我倒是一死爲上。這事祇好待幾日再說。設若事情眞至無可挽救，我祇好實行此策。——我這樣做，並非我畏死，實因我深知我若一旦長殂，這消息傳到莓箴耳中後，他也要無心人世的。

我的病雖已近兩月，然我身體上並不感着若何痛苦，我依然診斷不出我的病狀。早幾日每晨我尚要作嘔，現在則並此也沒有了。我現在祇覺呼吸很急迫，且有時腹膜如發炎般微微感到不快，此外則一如平昔，祇不過精神很萎頓罷了。最好笑的，昨日在事情尚未發現時，敬生曾另延了一位西人來診視，——敬生的忍蓄力眞充富，若不是他自己向我提出，我始終猜不透他也知道我的事——這醫生聽了我的心臟，他說我好像是有孕，惹得我向敬生埋怨了一場，怪他怎找了這樣一個冒失的飯囊來。我在那時，眞想不到他的袋中竟有我的四封信。此刻我則因一夜籌思的結果，和側臥着寫得太久的原故，心力很是不支，呼吸每像要不能繼續的情勢，實則這不過僅因我運思太久，所以有此現象，假若眞能漸漸地氣絕，從此不攖一切煩惱，倒也是我所樂求的。

曙色開了，太陽已將出來，我不知隨着臨到我的將是些怎樣的刑罰！

（七）

敬生自從那夜將信給我看後，一直至今已五日未到我房裏來了，這幾天她們對我也很可疑，每有耳語和手勢的舉動，這不是好現像，自不待我深辨，祇是我不知他們究要把把怎樣佈置？然無論他們把我怎樣，我都一無所懼，所可慮的祇是他們或欺我在病中，竟在外面同莓簾爲難，那我一人安臥在牀上，眞不啻自增罪孽了。可惜我現在無力起來，否則我早已要尋找敬生將此事解決，蓋我雖說我心很安靜，然這僅是言我對于我自身的態度，若提及莓箴，我眞無時不在恐懼之中。

因了這幾日來輾轉深思的結果，我眞覺得護持莓箴實是惟一要務！我是已裂之名，我是已敗之身，我再受些辱罵痛苦眞不足道，惟有他以純潔之身，方有遠大的前程，若也蒙些不名譽的流言，被人認爲莫濯之羞，那不但我因了愛他的原故于心有所不忍，那就憐才二字而言，我也要有所不安，況乎他的煩惱完全是因我而有，沒有我他正一無所苦！

那一晚我大約因神經受刺過甚，呈了醉眠狀態，所以心中並不痛苦，這幾天則反射作用已過，在牀上迴想起來，委實無趣萬狀！我以一結婚已七年的婦人，縱使在聖殿中牧師面前的應答本非出自我心願，然錯已鑄成，我旣不能死心去交好敬

生,也應自抑情懷,安心作個良善的主婦, 怎可又
將已枯萎的愛情輕易地輸給一個純潔的青年? 雖
是情苗之生,並非人力所能避免,然人定總或可以
勝天,我若不作繭白縛,我又何至如此? 我若能從
中得到一點安慰和愉快,那倒也不負這番墮落,然
三年以來,自身的痛苦,物外的譏評,祇有增無已,
雖有時也能破涕為笑,然心情却始終是悲哀的,我
不但得不償失,且更累了一個清潔的靈魂受苦!然
而現在呢?我的罪惡之花則更完全暴露了!我既失
了我七年來虛偽的面障, 我又將惹了我心愛的人
益發傷心,我究竟何罪而至此?我不知我尚有何顏
呼吸這人間的空氣! 祇恐一死尚不足以淨我罪!
呵!提起這些罪惡,我真傷心極了。這次縱使敬生
不與我為難,我想起我不能為愛情的正義而爭鬪,
我真無顏再活!我是一切罪惡煩惱的泉源,我深知
我若不死,敬生的氣忿終不能忍,莓筬的煩惱也不

能絕；我若是死了，一切都可解決。啊，我怎可再活？我是負罪的羔羊，我正要獻上犧牲的燔祭！

我已決定，縱使敬生不與我或莓箴爲難，我這負罪餘生，已不忍再偷生苟活。可惜我現在不能行動，否則我早已自殺了。好在我的病雖依然未變，然我自覺脈搏漸衰，心力漸弱，怕總無起牀的希望了。我既不能自盡，且讓我作個自然的殂謝罷！

我不知我再有幾日可活，然我爲要使敬生于死後發現這冊子，可以知道我的心意，我實尚有無盡藏的悲鳴要訴，只可恨殘酷的她們，大約見我近來神色惝恍，防我自殺，竟將我牀側方桌屜中，一柄削筆的小刀也都收去，這桿鉛筆我已用指將木片撕過了幾次，現在雖有許多話要寫，怕終無幾個字能寫了。

啊！永別了，我的筆呀，我心愛的冊子呀！請恕我虛耗了你們,寫出這許多不幸的言語罷！我現在要僭效十字架上的耶穌，閉口無言；我要低頭垂目,靜候黑衣之神負了上帝的旨諭,引我往烈燄的地獄中去了。……………

（八）

溫煖的陽光自玻窗中佈滿了桌上，許多纖細的埃塵在光中凌亂飛舞,四週闃無人聲,冬日的午後眞靜謐得可愛。我自懷中取出這冊子翻到上次病中所寫,流光易逝，恍惚間竟今將近八閱月了。我想起上次的事情,我眞恍如隔世！以我這樣蒙垢負罪之身,在理應早辭人世,免得這渾濁的空氣更加渾濁,然我竟偸生苟活,我知明白我事的人定要在暗中笑我無恥了。其實我眞有我不得已的苦衷！——這冊子未必能與我永遠長伴，萬一遺去被人檢着,我知無論何人看了後也一定要有這種感想；我與其在不知中被人暗笑,不如乘此重溫舊懷,將這八個月間經過的事變重行記下，免得遭路人的冷齒罷！而且我記憶很壞，這零碎的文字，或也足供我將來自身迴想的資料。我已寫出過，對於莓篏我要澈底地愛護；我現在所以要偷生苟活着，實如我以前所蓄死念一般，正是為愛他的原故。我既為愛他而甘死，我現在也要為愛他而苟活了。況乎我再看牀上這濃睡着的小東西，那下垂的雙目，那翕張的嘴唇，手足不時徵動，似是靈魂在夢中向白羽的天使歡舞一般，我縱感覺這生之羞辱，我也不敢再妄萌死念了！

　　我在今春病中，自決定為免莓篏受累和敬生的忿怒而就死以後，我便整日地在牀上閉目不言，故意常常屏息已促急的呼吸，使牠悶至無可再悶時，然後再呼吸一次，以期能實現我懦弱的慢性自殺。有人來問我病狀，我總是搖頭不言，藥配了來時，我也抵死地不服，果然，這樣一來，病勢便眞日日加重，本來從不發熱的我，後來則檢溫器放在身邊，水銀也會向前突進了。我在那時，心地雖也依然明白，然體力則衰弱已極，身體在牀上一點也不能自動，每日僅被强迫着進一些滋養的飲料，我眞覺死神已候在我枕旁，所差祇是施行他最後的威權了。這樣一星期以後，我眞是氣若游絲，命在旦夕，她們都爲我危險，敬生大約就在此時，見我病將不起，知道我正是爲了那幾封信的原故，便動了憐憫——我直到此時都不明白，他何以不欲與我爲難——在一個深夜又獨自到我房中，當着我的面，在牀前將一切的信都燒去了，燒後又對我說道："蕙，你太小量我了！我早已對你說過，我決不與你爲難，你怎這樣自尋煩惱？你我已有了七年的共同生活，酒不能使你絕念，我何必再做不自量力的事？我深知現在正是這幾封信向你作祟，所以特來當着你面一齊燒去，現在能作這事佐證的根據都熄了，可以證明我並無心與你爲難，你也可安心養病罷。我固不情願你死，然你正有你的希望，你也不宜輕生，望你好好靜養，不要妄自生疑，你痊愈後祇要不再有使我十分難堪的事發生，我總不致擾你，但是你現在若竟有了差池，我則也決不放鬆莓篨——這小孩子，我眞料不到他竟作出此事！你現在總可放心了，望好好地養病罷。"我自經了他這番警告後，知道他並不在與我爲難，我若輕生，倒反累了莓篨，於是便收起死念，一心靜養，不敢再萌一絲他想。果然一點靈台，便是全身之主，我自立意打消死念後，這勢將不起的沉疴，竟賴了藥石和自己心神的養攝，竟重告無恙了。可是病雖終得痊愈，然遷延的時日却已不少，在桃花未落時我已臥牀未起，待能行動後則梅雨已過，家家正葛裳蒲扇，黍角龍舟頂備度端陽佳節了。

　　我自好了後，我便又照常操作，敬生果沒有向我提過什麼，祇不過已非以前對我那樣的態度了。我又從樓下的諸人口中，探知莓簷還很平安地在上海，他大約尚不知道這次的事情哩！然不料就在這時間，一個美妙的神蹟，上帝的威權竟在我身上顯現了！我雖學過幾年醫，雖是病中也曾有過嘔吐的時期，醫生也向我診斷或是有孕，然我終料不到在我身上竟真發生此事！我是五月初痊愈的愈後不久，我便覺得我腹部常時掣動，食量胃力劇變我已顯有疑意，然我猶有敢深信，迨我身體起了生理上的變動　，我則始知這真非虛搆。果然自此以後，便一天一天成熟起來，衆人也都知道；在距今一月之前，一個嚴寒的夜半，這清白的小生靈，便呱地一聲，真出現人世了。

一個嬰孩的搆成，雖與母體有同等關係的父體亦不能明白，知道牠來源的惟有無所不知的上帝與孩子的生母。這小東西產生後，衆人雖異口同

聲的羣致賀于敬生，然明瞭這一道生泉發源之地
的除上帝與我外，又有那一個？該死的我，若與莓
篴並未發生過肉體的關係，那倒也毋庸我多辯，無
如我們又不是這樣。

啊！你尼丘山上的顏氏女呀，你伯利恆城中的
馬利亞呀！你們雖都不自知你小生命的來源，惟我
則不然，一切的事我都知道，我知道花兒怎樣蓓
蕾，我也知道果兒怎樣成熟！——啊！我罪過！我好
大膽！我眞僭比你們了！我眞褻瀆你們了！你們都
是聖潔的處女，你們都有偉大的裔苗在你們的羞
辱上重建起燦爛的榮華！但是我呢？我祗是株被踏
的殘花，我祗是犯污的白璧；這小生命的前程我雖
不敢預度，然牠在未見人世以前，已飽經了悲哀的
侵壓，已飽嘗了藥石的滋味，這些已明是牠將來生
活的象徵了！我何敢僭比你們？我的前途有什麼希
望？終我一生，怕祗能忍辱含羞，苟全屈就，永遠仰

息在與我不得不同居的豢養者下吧？

　　孩子之來，雖不是我所希望，雖益足增加我對於愛情的慚愧，然牠既來了，我總抑不住我爲母的心情，我總忍不住要愛牠。牠實是我們痛苦的關係中悲哀與歡樂的匯合！牠尖長的下頦，易哭的性情，雖才僅有不滿兩月的生命，然已經將牠棄自父體的特徵表現出來了。我每抱起來，我眞忍不住想到莓篏的面目！莓篏此時，方遠在天涯，我患病的事他將來或可從間接中曉得，至於孩子之出現與他的關係，在我未有機會告他以前，他怕做夢也不會料及。我不知他萬一知道後心中果要與若何感想。幾日的歡娛竟輕在人間留下這條痕跡實也是出乎意外的事。孩子現在尙在襁褓中，待大了後我一定要使牠知道我們的事蹟，祇恐我這瀕遭變幻的身軀或竟不及待牠的長成，我若眞于牠尙不辨菽麥時便死去，在這世間恐又要添一個自己不明自己來歷的人兒了。

　　敬生雖眞依約沒有向我提及過往事，然自經這次事變後，我們心中已各有芥蒂，彼此無形間已生了隔閡，雖說我們以前也並不十分相投，然現在則並這一點表面上的周旋也不可得了。我們每日祗是很平淡地相處；早上他出去辦公，我便在家中隨意作些瑣事，晚上回來也沒有多言，更沒有若何相商酌的事件，有時他更通夜不歸或直至黎明始回，以前他回來遲了我尙向他詰問，現在則什麽事也不相提了。本來以兩個不相投，心中各有所念各有所圖的人，能相安的居在一起已非易事，此外還要希望什麽？我忍辱吞聲，不欲與他分離，我實有我的苦衷，我實爲了莓筬，我不知他之也甘心這樣姑息相處，果因了何事！孩子產後，他也不十分歡喜，這事他或已有疑意也未可知，不過不好說出罷了。然我們這樣實非長久之計，也非我心願之局，祇待莓箴羽翼稍乾，事情發生後不致累他時，我終是仍要提出的。

我自病後因了生理上的變化，心身都很懶散，這冊子久未着筆，孩子產出後則更厲害；每日祇是靜默地將工夫用在護飼嬰孩上，也不與人多言祇，是時時地會憶起莓箴，憶起後每又禁不住要引出一番懷舊的傷感，然却已無以前那樣激動了。真的，我自經上次事變後，心中倒並不再覺得悲哀，祇不過木木然偶爾或有一點感動，這大約正因爲激刺過深，我的心靈已消失了感受性，漸歸於麻木的原故。然祇要我一息尚存，我總不甘于這嫠養的生活，祇要我能稍有一點自信的能力，爲了愛情上的忠義，我終要脫樊以去。有人疑我自經了這次變動後，或喪心冷志，更忘了深心的宿諾，其實不然，我固一日未忘患，我不過靜候時機罷了。

（九）

殘酷自私的軍閥，爲了地盤而妄動干戈，這幾日風雲又緊，這地方山河峻利，水陸要衝，有負隅的金山，有凌險的北固，爲兵家必爭之地，戰事若啓發後，怕終難免不糜爛的。到危急時爲安全起見，我決定携孩子避往上海，莓篯那時當不致他適，或可藉此與他相晤，亦未可知。祇不過這正是我的私衷所冀，怕終未必能實現吧？若竟實竟，那天上人間又作一度相逢，實也非夢想所及。我不知到那時，他知道了我的事情，又看見這孩子後，心中要作若何感想！…………

一九……年初冬，因之戰事影響，各處的經濟來源都絕，我一人困守在上海，呼救無門，祇得依了當賣度日。幾件稍整齊的衣服旣都被我質去，我祇得又賣到我心愛的書籍。我先擇外觀宏麗，卷帙

巨大的先賣，頭一次賣出的便是 Oxford 版的
Shakespeare 悲劇全集，繼着又是皮裝金邊的
Milton 詩歌，隨後我心愛的 Byron, Shelley,
Keats, Wilde, Beardsley, Baudelaire 都一一與
我相離。然因了我不善交易，門口舊貨擔上的人又
不識貨的原故，總是賣不上價錢，不是三角一冊，
便是五角兩本，可憐只消幾頓饅頭，幾塊牛肉，不
上數日，我的澀囊早又告空空了。這一日一個陰
霾奇寒的下午，我因了要等着錢寄信，便挾了一
冊 Modern Library 本的 Dawson 詩集將門
口一個熟臉的舊貨擔子喊下同他交易。他的籃中
向來都是些空瓶廢罐，破衣舊鞋之屬，很少書籍看
見，這次我却在他後面的籃中，發現了一個黑皮精
裝，像袖珍本聖經樣的小冊。我起初以為也是那一
個賣出的書籍，我當時倒很動了同病相憐的意念，
於是將書拈起想要識一識這位同是天涯淪落人的

尊名大姓，那知翻開一看，却出我意外，正是一個記事簿，裏面滿滿密密地全是些很勁秀的字跡。我即問他是從那裏得來，他告訴我是於上午在車站附近道旁，無意檢着，他說他起初還以爲是個錢筴哩！我當時因好奇心動，便與他商妥，將我應得的兩角書價，少取六枚銅元，就以這冊子作了抵品。我回來晚上燃起蠟燭，在暈黃閃忽的光中，將這簿子一頁一頁地讀了下去。冊子裏面首頁繪了一個破缺的心形和一朵枯萎的玫瑰，下面有一行英文寫的是 "The gift of Lover," 裏面字跡都是鋼筆，有一部份却又是用鉛筆所寫。我坐了兩點鐘的工夫，延遲了我三枚饅頭的晚餐時刻，一口氣將牠讀完，才知道這是一個婦人的手冊，裏面所記敍，正是她自己萎婉的遭遇。

　　現在上面所錄，便是這簿子裏一字未移的原文，祇不過她本來在每次不同時日所寫的後面，是以符號隔開，我則易以數目字了。

這婦人的地位確是很苦。她似乎一面要保持住對她情人的戀愛，一面却又不欲與她丈夫分離。她這樣做，她已辯明過並不是爲貪圖物質上的享樂；大約她之所以不願分離，正如她自己在另一節所說，是爲了本身的能力不足和提防累了她情人的原故。然她這樣確是很苦了！在她事情尚未被她丈夫發覺之前，她敷衍掩飾尚易，現在則她丈夫已知道了她的事，她猶能相處，雖是她丈夫自身不欲與她爲難，然她難於應付的情形已可想見了。遙想她每日共枕的是這樣的一個人，旁側臥的又是這樣的一個孩子，她夢中要見些什麼，真是除上帝外無一人知道！而這樣的一件事，其結局將要若何恐也無一人能定。

現代人的悲哀惟在懷疑與苦悶，所以每有反常和變態的舉動，這婦人以中年之齡，忽與一個靑年發生戀愛，行動已很可異，事情發現後，她處在三角的關係之下，又復顧左慮右，毫沒有一點決定的主張，我們試看她自己所記，有時心情很安靜，有時又很悲哀，時而要自殺，時而却又甘于忍辱偷生，猶疑寡斷，雖不能說她可以作現代一部分在戀愛痛苦下婦人的象徵，然至少總帶有幾分世紀病的色彩。她曾說這冊子未必能與她久伴，不料現在竟眞離了她的袋中了。

在冊子後面斜笑中，我又發現了一封信，信末署了一個箋字，想就是她那位 Melandholy 面目的情人手筆。信中的語氣，似是在唔後所寫，大約這次戰禍重生，這婦人所居的地方也遭了兵燹，她那冊子中最後所寫的一件希望，竟眞實現了。

這下面便是那一封信：

我親愛的：

你一兩日後雖又要遄歸故居，然我此時對於

這次離別並沒有一點惋惜。良以在這種禮敎的權威下，這種社會的組織下，我們既是這樣的關係，事情現在的情形又是這樣，猶能有這一度的小聚，實已超出了我的希望，雖是這忽忽地數面，並不能療治我精神上的創痛于萬一，然我實已感激之不暇，我何敢再冀他想？

我們的歷史雖僅有三年，然這三年中已不知更遞多少次的桑田滄海，我想起我們初戀的情形，我已恍如隔世。這三年，眞已耗去了我的半生！然我所得的一點痛苦，較之你所受，輕重之分，實猶泰山之與鴻毛。在三年之前，你宴游嬉笑，一無煩惱，現在則既失去了良妻的美名，復蒙上聞情的譏辱，他人不責我枉受了你三年的眷愛，却反誣你陷害了一個靑年；衆口紛紛，羣集矢於你身上，反任我這個罪魁，一切煩惱的淵源，逍遙於海上，他們的盲目雖是他們自己的錯誤，然却更加你的痛苦，益增我的罪過了。真的，你曾說都是你害了我，其實一切都是我的罪過！都是我累了你！沒有我這個破壞幸福的罪人，你家庭中榮譽的花冠，又何至於被摔在地上？我承受了你的愛已很罪過，而三年以來書劍無成，更徒負了你許多期望；你這次相見，曾驚異我又添了許多白髮，其實我精神上的衰退更蓰倍於此，祗恐我這憂悶餘生，已再經不起幾度秋風的彫剝，你的心血怕總要虛擲，你對我身上的希望怕要盡成泡影！

孩子之來，殊出我意外，實在我劇烈的痛苦中又加一條深甚的創轍，於我已定的罪案上更增了一道不可磨滅的鐵證！我在精神上已很累你，不料我們幾日恍惚的歡娛，竟使你又遭了肉體的刑罰。人說孩子是愛情的結晶，在我看來，實在是我罪惡的表現！我想起因了我的原故，竟使一個清白的性命一落地便遭了世人的誤視，竟使一個慈母也在

旁忍辱不敢指出牠的生父，我眞被內流的眼淚，淹
蓋了心房不能再寫！我想不到我一個二十歲，一無
所成的罪惡青年，竟悄悄在暗中作了一個 Bastard
的生父！

　　在你未到上海來時，嫂氏已由信中用譏諷的
態度告訴了我你的一切事，我當時得了這個消息，
我已失去了我殘敗的肉體與靈魂。我幾次想要自
殺，總因了尙未曾爲你在世間作下一點事情的原
故而中止。不然：恐怕你這次來時，祇好在義塚堆
中，去尋我無碑的白骨了！敬生此次竟不與我們
爲難，實是我最感激他的事，望你以後要好好地
與他相處。我此時已不忍再提愛字，爲了愛的原
故，我已將愛我的人推陷在荊棘中，我何敢再生斯
意？

　　我不再寫了。我有什麼可寫？我有什麼堪寫？
我們的事情已如此，我眞不必再多寫！縱寫盡了千

楮萬冊，寫完了血淚餘生，於我們的痛苦有何補？
于我們已鑄下的命運中又有何助？不過徒增你的
痛苦罷了！我何忍再增加我已不可救贖的罪孽？

　　我們此次別後，天上人間，何日可以再見，我
真不敢預料，祗怕要如你所說，或爲最後的一次，
也未可知了。然我又敢希望什麼？我在此生，除要
以你爲目標，忍痛作下點事業紀念你，以實現你的
一點希望外，我真一無所留戀！

　　別了，我親愛的！此次同去後，望你要好好與
他相處，善視孩子，珍重前途，勿以我爲念，我總不
致負你。

　　上帝恕我，我們將來或可在天地末日時，在他
審判的寶座前相見。

　　　　　　　　　　　　　　你的箴

★　　　　　★　　　　　★

一九二五三月四日夜上海

女媧氏之遺孽（復刻版）

葉靈鳳 著

責任編輯　葉秋弦
裝幀設計　簡雋盈
排　版　楊舜君
印　務　劉漢舉

出版　　中華書局（香港）有限公司
　　　　香港北角英皇道 499 號北角工業大廈一樓 B
　　　　電話：（852）2137 2338　傳真：（852）2713 8202
　　　　電子郵件：info@chunghwabook.com.hk
　　　　網址：http://www.chunghwabook.com.hk

發行　　香港聯合書刊物流有限公司
　　　　香港新界荃灣德士古道 220-248 號
　　　　荃灣工業中心 16 樓
　　　　電話：（852）2150 2100　傳真：（852）2407 3062
　　　　電子郵件：info@suplogistics.com.hk

印刷　　深圳市雅德印刷有限公司
　　　　深圳市龍崗區平湖街道輔城坳工業大道 83 號 A14 棟

版次　　2024 年 6 月初版
　　　　© 2024 中華書局（香港）有限公司

規格　　32 開（185mm×135mm）

ISBN　　978-988-8861-85-9